CITÉ

NICOLAS GEIBEL

CITÉ

roman

Julliard

ISBN : 978-2-260-05501-3
Éditions Julliard – 92, avenue de France 75013 Paris

à Val

to Ian

I

Ils découvrent la première photographie sur le trottoir de la rue du Faubourg-Saint-Antoine, à quelques mètres du croisement avec la rue Faidherbe, au niveau du feu, devant l'ancienne fontaine de Montreuil. Eux, ce sont deux collégiens en survêtement, qui se trouvent à cet endroit par pur hasard, tout comme ils trouvent la photographie par pur hasard. Ils sont partis à travers ce quartier embrasé par un deuil tacite, étouffant, dont les vigiles à l'entrée des supermarchés, et une plaque au mur d'un foyer pour femmes de la rue Faidherbe, témoignent silencieusement. Un deuil envahissant. Ils se trouvent là, à ce feu, en train de chahuter, de se bousculer quand l'un d'eux trébuche et tombe ; il se tord la cheville ; pose sa main sur le macadam. Sa main glisse, et touche la photographie.

L'enfant soulève l'objet plat, blanc, rectangulaire, cet objet qu'il n'a vu jusqu'alors que dans des films des années quatre-vingt ou quatre-vingt-dix ou dans des séries américaines récentes, nostalgiques de cette époque où l'on se complaisait encore dans un optimisme naïf et finalement dévastateur, un optimisme qui portait la guerre dans son cœur, un optimisme myope et recroquevillé, un optimisme stupide qui célébrait l'arrivée de l'iPhone comme un summum du progrès civilisationnel. Cet optimisme persiste. Mais il est moribond. D'ailleurs, il se peut que l'enfant n'ait jamais vu de Polaroid auparavant. C'est même assez probable. Il se peut aussi qu'il en ait vu plein, peut-être y a-t-il des photographies anciennes, quasi mythiques, chez lui, épinglées au mur du salon au-dessus d'une commode laide et bon marché, achetée des décennies plus tôt, des photos prises sur un autre continent trente-cinq ans en arrière. Dieu s'est retiré pour céder sa place à une main invisible, d'apparence plus douce, moins exigeante ; une main qui a aussi pris la place de l'âme. Cette main est en train de pourrir. La main étend ses cinq doigts pour saisir. Et la main de l'enfant se pose, par pur hasard, sur cet objet et il le retourne et c'est là qu'il voit et c'est là qu'il se met à hurler. Son ami, figé par ce cri qui l'arrache maintenant lui aussi à leur jeu, s'agenouille pour l'aider à se relever. Lui aussi, il voit. Et il crie.

La seconde photographie arrive le même jour par la poste au service administratif de l'antenne de Pôle Emploi de Clichy-sous-Bois. La secrétaire qui ouvre l'enveloppe, laborieusement, en déchiquetant le bord supérieur de droite à gauche, boit en même temps du café tiède dans un gobelet en plastique. Elle retire l'objet qui s'y trouve avec la même lenteur et le pose devant elle sur le bureau. Tendresse alerte du démineur. Son téléphone fixe se met à sonner ; en saisissant le combiné elle fait tomber la photographie du haut du bureau ; svelte papillon à l'aile unique, elle se retourne en voletant et dévoile sa face.

Le ministre se réveille rue Keller. Il tremble de froid, la couette a glissé du lit ; son corps nu est couvert de sueur. Son rêve se réverbère encore dans sa tête confuse de sommeil. Une plaine couverte de neige, et lui tout seul, dénudé. La blancheur a gagné ses jambes, elle a transformé son corps en quelque chose d'animal, en parfaite harmonie avec la neige qui ne cesse de tomber du ciel sur cette plaine sans horizon où la chute des flocons dessine la limite du visible. C'est là que la froideur l'a réveillé. Un bruit de sirènes lointaines effleure brièvement sa conscience engourdie.

Il s'éveille à peine, il est seul, et il pense à sa femme.

« Écoute mon dernier enregistrement, ce sera comme si j'étais là avec toi, lui avait-elle dit sur le seuil de la porte d'entrée avant de descendre pour se glisser dans une voiture noire, commandée quelques minutes auparavant. Tu vas aimer cette musique, et à travers elle, je serai avec toi. Ton nom est inscrit dans les pauses, entre les notes. »

Une voiture noire, aux vitres teintées, qui la conduirait à l'aéroport. New York. Rio. Singapour. Il ne savait pas. Loin d'ici, de cet appartement, de ce seuil, les notes fragiles et mathématiques d'une musique allemande allaient retentir dans des villes gigantesques pour esquisser sur les tympans du public béat l'idéal d'une foi morte. Le piano, noir comme la berline sous sa fenêtre, son guide à elle, son véritable véhicule.

Il abhorre ce Steinway placé dans le salon, à l'endroit où les énergies *feng shui* nouent leur plus puissant nœud. Un cadeau, il ne sait pas de qui. Il ne veut pas le savoir.

Sous le jet glacé de la douche, le ministre se demande si c'est le froid du rêve ou le froid de la chambre qui l'a réveillé. La neige tombe du ciel sur une plaine blanche. Et lui, de la neige jusqu'aux mollets, frigorifié. Il sentait le froid monter, en douceur, atteindre son être. Le froid persiste, il gèle. Il tourne le robinet et l'eau devient brûlante.

Vingt-cinq minutes plus tard, il est sur le trottoir de la rue Keller. On est samedi. Ses deux gardes du corps le flanquent. Il se dirige vers le café qui se trouve au bout de cette rue du XIe arrondissement, à quelques mètres du croisement entre l'avenue Ledru-Rollin et la rue du Faubourg-Saint-Antoine. Il y entre, derrière lui ses deux gardes du corps scannent d'un regard efficace le périmètre.

— Bonjour, monsieur le ministre, lui dit le serveur.

— Bonjour. Comme d'habitude, s'il vous plaît.

Il s'arrête.

— Qu'est-ce que c'est, cette musique ?

— Je sais pas.

Le serveur se retourne vers le bar.

— Saïd, donne-lui ton téléphone et mets quelque chose d'autre, dit le ministre à l'un de ses gardes du corps.

Il s'assied, seul, à une table pour deux. L'autre garde du corps s'installe derrière lui, un pistolet sous la table. Saïd met une playlist qui porte le nom « *avbvrn* » et qui rassemble des chansons publiées sur plusieurs comptes sous différents noms, « grenade », « opprobium », « Irrgast », « Wie ein Hund! », mais qui trahissent toutes la signature indéniable du même artiste. Le jeu léger de Glenn Gould s'arrête et la première chanson commence.

— Monte le son.

Une basse riche et chaude s'abat en vagues dans l'espace vitré du café, elle accélère et ralentit tandis que le second garde du corps prend place à une autre table en retrait, une main dans sa veste de costume. Une fois le rythme établi, une voix s'élève après quelques secondes pour formuler sa plainte. Frêle, elle est portée par le *loop* instrumental qui s'intercale entre elle et la basse, un jeu de cithare répétitif, lent, minimal. La basse repart et ralentit. Elle s'estompe presque complètement, la voix un peu nasillarde reprend, tient une syllabe, puis l'une et l'autre chutent ensemble.

— Putain, Saïd, qu'est-ce que c'est, ce truc ?

La basse s'espace et la voix part en boucle, avec toujours les cinq mêmes syllabes, d'abord en montant puis en retombant, elle ondule sans que le ministre comprenne ce qu'elle dit avec autant d'emphase et de tristesse, elle ondule, semble se lover autour de lui.

— Personne sait. On connaît pas l'artiste. Il y a que l'*artwork* des pochettes, le fond auburn et la typo, qui sont toujours les mêmes. Du coup on appelle ça *avbvrn*.

— Ça me dit quelque chose, je crois.

— C'est bien probable.

Le serveur écarquille les yeux : derrière les vitres qui les séparent de l'extérieur, une colonne de fourgons de police dévale l'avenue à toute vitesse. Un bref instant, la lumière bleue des gyrophares se reflète sur les carreaux. Il apporte un café au lait, une omelette bien baveuse, et un croissant que le ministre saisit pour le tremper presque immédiatement dans le mélange d'œuf liquide et de beurre.

La main lourde de Saïd se pose sur son épaule.

— Il s'est passé un truc.

Le ministre sort son téléphone de la poche de sa veste de costume : 29 appels manqués. Dix minutes plus tard, cinq berlines noires aux vitres teintées bloquent la rue avant de repartir, les trois hommes ont disparu, la plainte de la chanson flotte toujours dans l'air.

En suivant les indications de leur unité, la « Nébuleuse », Julien et Pierre sont allés examiner les lieux, d'abord le feu sur la rue du Faubourg-Saint-Antoine, le macadam, le trottoir, avant de se rendre à l'appartement de la secrétaire le lendemain, la moquette râpée dans sa cuisine, le visage usé de la femme au-dessus de la table et la tasse de café froid, son regard lésé par ce qu'elle a vu, ses mains vides. Et puis ses paroles, mutilées.

— Mais
— Je sais.
— Mais
— Je sais.
— Mais, monsieur
— Je sais, c'est affreux.
— Comment est-ce
— Je sais.
— Possible
— Je ne sais pas.
— Mais quelle haine
— Je sais.
— Comment ils ont pu ?
— Je ne sais pas.

Au commissariat du XIe arrondissement, le gamin transi réclamait toujours sa mère, tout comme son ami l'avait fait dans l'ambulance jusqu'au moment où les antalgiques l'ont fait perdre conscience. Elle était assise à ses côtés en tenant sa main. Le second garçon ne criait plus. Son visage était aussi inexpressif que celui de l'autre enfant, endormi sur le brancard, seulement les lèvres remuant, pour dire une millième, une dix millième fois « ma-man ».

Dès que les hommes de l'unité de l'opération Sentinelle, remontant la rue du Faubourg-Saint-Antoine, avaient aperçu, à une centaine de mètres de leur position, l'agitation autour des deux enfants paniqués, ils s'étaient mis à avancer en formation de combat. Les enfants sautaient, hurlaient, appelaient leurs mères en pleurant. Par terre, sur le trottoir, la photographie était maintenant visible de tous, attirant l'attention de quelques piétons bienveillants qui avaient à leur tour regardé l'objet à l'origine de ce trouble. Ils avaient eux aussi commencé à perdre l'esprit, en apercevant la photographie. Les soldats étaient prêts. Ils avaient été formés pour des situations pareilles. C'est ce qu'ils croyaient, en tout cas. Il ne faut pas excessivement réfléchir, trop penser engourdit, et l'engourdissement tue. Cela, ils le savaient avec certitude. Ils avaient les enfants en ligne de mire, ils se déplaçaient en formation de combat, même si la situation leur semblait plus louche que véritablement dangereuse. Il ne fallait pas prendre de risque. Tous les quatre étaient fermement convaincus que la première des cibles dans l'espace public était ceux qui s'y mouvaient pour maintenir l'ordre. Pour s'y attaquer, rien de plus évident que de s'en prendre à ceux qui le portent sur la peau.

L'horreur avait éclaté. Les gens qui passaient en étaient saisis. Un groupe de touristes japonais remontait la rue en venant de la place de la Bastille. Ils ralentirent en s'approchant de l'image, frappés par la folie des autres passants qui semblaient danser autour des deux enfants, eux-mêmes sautant sur place comme si le sol était brûlant, comme s'ils ne le supportaient plus, car c'est sur le sol que gisait cette photographie, les deux enfants rebondissant telles deux douilles qui tombent sur les pavés d'une rue parisienne.

Les soldats commençaient à appréhender. (Mais de quoi avaient-ils peur ? D'être attaqués ? De la cohue ? De l'éclat possible d'un coup de feu ou de la lame d'un couteau ? Peur des deux enfants et de leurs gestes et expressions insensés ? Peur de ce qui les faisait hurler comme ça ? De l'inattendu jaillissant sur leur chemin tracé avec une précision mathématique sur une carte de la ville ?) Contrairement à ce qu'ils avaient pu imaginer un instant auparavant, ils comprenaient qu'ils avaient affaire à quelque chose d'autre. À quelque chose qui les dépassait, tout comme les piétons radicalement arrachés au flux des jours.

En pleine éclosion, l'image semait la peur. Autour des deux collégiens, les gens commençaient à se jeter les uns sur les autres. Les enfants étaient maintenant dans un tel état de désolation qu'ils n'arrivaient plus à se tenir debout ni à prononcer les deux syllabes qui forment le mot « maman » ; ils s'accrochaient l'un à l'autre pour ne pas tomber, le mot « maman » devenu une seule et longue syllabe « maaaaaaaaaaaaaaa » et les piétons s'entassaient autour d'eux et criaient « maaaaaaaaaaaaaaa » avec eux.

Le premier soldat se pencha pour ramasser l'image. L'unité entière tomba par terre, tous les soldats à la fois, et ils laissèrent s'échapper leurs fusils en criant

« maaaaaaaaaaaaaaaa ». Un des fusils se déclencha : deux balles dans la jambe gauche d'un des touristes japonais et une dans la cheville droite de l'enfant qui avait trouvé la photographie. La balle lui avait explosé l'articulation. Il était tombé, à côté de la photographie. Il avait hurlé ; et il l'avait retournée.

Le calme était soudainement revenu.

En marge de ce tumulte, sur le bord du trottoir, au pied d'un poteau, un corps en uniforme, immobile ; son arme à ses côtés. Autour de lui, une tache de sang grandissante noircit le macadam sans que soit visible l'endroit où la balle a pénétré son corps.

Transi, le second enfant se trouve quelques heures plus tard à un bureau du commissariat, sans parler. Les yeux délavés, vidés, anéantis. Rien d'utile à tirer de lui. Tous les piétons, les soldats, les touristes chinois ou japonais ou coréens sont inutiles. Des victimes. Le gamin ne parle pas. Il ne trouve pas de mots. Seulement celui pour appeler inutilement sa mère au secours.

Julien regarde Pierre, assis à côté de lui dans la voiture, en veste Alpha Industries, les cheveux coupés à la tondeuse, ses yeux marron fixant la route. Pas un cheveu qui dépasse 5 millimètres. Il se les coupe lui-même, d'une main assurée et soigneuse, une fois par semaine. On ne les voit jamais repousser. Pierre, comme figé dans le temps, mis à part quelques rides qui se dessinent autour de sa bouche et entre ses sourcils. Julien l'imagine parfois, sa nuque mate courbée au-dessus du lavabo, dans un appartement sans décoration, une cuisine vide hormis la machine à café et la bouilloire qui sert à préparer les *protein drinks* : méticuleusement, il tond, une poussière noire tombe sur l'émail blanc, s'amoncelle, disparaît sous le jet d'eau. Pierre. Une seule syllabe. Pierre, de Neuilly-sur-Marne, qui a fait la Légion étrangère, qui vit seul, qui a un tatouage sous le cœur que Julien n'a jamais vu, mais qu'il a mentionné une fois. Pierre – ce prénom si dépareillé de son patronyme.

Sans surprise, la Nébuleuse s'est immédiatement activée.

Il est 22 h 30, le jour des photos. Ils sont dans leur bureau de Levallois et regardent la conférence de presse diffusée depuis le ministère. Un à un, ils écoutent les avis. Les ordres officiels. Ils commencent à apercevoir l'amorce d'une réaction publique, le ministre qui clôt sa déclaration par un communiqué vague, puis s'en va, laissant derrière lui une tempête d'éclairs et de questions sans réponses. Des unités dispatchées partout dans le centre-ville, là où seront les caméras, afin de marquer l'espace et les esprits qui le traversent. Du bleu foncé partout. À la fin, Pierre sort son téléphone et, sans dire un mot, le montre à Julien : ils ont reçu, par message, *leurs* instructions.

Le lendemain, les témoins ne parlent toujours pas. Même les trois soldats survivants, dont deux sont passés par le Mali, mutiques. Tétanisés. Ils sont restés des heures dans ce même bureau du commissariat du XIe arrondissement, le regard asséché, les mains frémissantes entre leurs genoux.

Julien et Pierre ont apporté leurs ordinateurs portables. Ils ont demandé à des agents de récupérer les deux serveurs du café en face de l'ancienne fontaine et du feu piéton qui attendaient dans le couloir et de prendre les téléphones portables.

— Dites-leur que c'est un délit de nous les refuser. Et prenez leur ADN tant que vous y êtes.

Les ordres de la Nébuleuse ont été clairs. Julien et Pierre sont donc allés dans ce quartier. Ils ont interrogé un certain nombre de personnes dans les commerces et cafés à proximité du lieu où les gamins ont trouvé la première photographie. Inutilement. Ils sont entrés dans le café en face de l'ancienne fontaine de Montreuil, de l'autre côté de la rue, en traversant le passage clouté où une cohue a fait deux blessés et un mort. Derrière le cordon de sécurité ; des policiers partout dans le quartier, arrivés dans des colonnes de fourgons. Gyrophares. Des hommes immobiles, les mains posées sur la gaine de leur arme, d'autres tenant des fusils d'assaut du même noir mat que leurs uniformes, et que leurs casques cachant leurs visages. Des échanges avec les autres policiers qui quadrillaient le quartier, venus des différentes unités. De l'autre côté du cordon, des badauds, des riverains empêchés d'accéder à leurs logements ; et une forêt de caméras et de microphones. Les deux enquêteurs entendent des bribes de questions, sans y répondre ni même tourner la tête. Ils avancent, ils récoltent des éléments exploitables pour l'enquête.

À leur arrivée dans le quartier, les agents du service de déminage avancent à tâtons vers la photographie. Sous leurs combinaisons, des espèces de scaphandres en Kevlar qui ralentissent et alourdissent leurs pas, ils ont les yeux couverts d'un bandeau noir. Julien, qui les observe, trouve leur allure à la fois futuriste et archaïque. Pour lui, ils ressemblent à des voyageurs de l'espace marchant sur une autre planète, susceptibles à tout moment de tomber en morceaux en revenant à un stade antérieur de l'évolution, soudainement sans langue et sans mémoire. Des pré-, des non-hommes morcelés et ultra-équipés. Une voix dans l'oreillette guide leurs mouvements, leur dicte le chemin. Ils naviguent dans le gris foncé d'un jour masqué. En s'approchant de la photo, l'un d'eux découvre une fente minime dans son bandeau. Inexorable, venue de l'astre resplendissant au milieu de leur ciel, la lumière le *fait voir* ; il touche son casque, d'abord d'une main, puis de deux ; Julien et les autres le regardent l'enlever ; à côté du feu passant vainement du rouge au vert, le bandeau glisse de ses yeux et il retourne la photo en la soulevant. Son hurlement déchire le silence serré. Les microphones et caméras des journalistes se tournent, dirigent toute leur capacité d'enregistrement et de résonance vers la source de ce cri, tandis que les autres astronautes hébétés se lancent à l'aveuglette sur lui pour remettre la photo face contre sol.

Julien sent la vague de frayeur souffler dans toute la rue.

Plus tard, au commissariat, Pierre et Julien interrogent les témoins de la folie initiale, les deux serveurs qui sont restés à l'intérieur du café. Horrifiés. Quelques balles tirées par ce fusil en folle giration ont traversé le verre à moins d'un mètre de l'endroit où ils s'étaient blottis, contre la vitre froide encadrant le café et dont les débris se sont disséminés sur le trottoir.

— Qu'est-ce que vous avez vu ?

— Les gosses, j'ai vu les gosses hurler.

— Et après ?

— Des gens qui passaient se sont arrêtés pour leur apporter de l'aide. Et ils se sont aussi mis à hurler.

— Et vous ? Pourquoi vous n'êtes pas sortis tout de suite ?

— J'avais peur.

— Vous aviez peur ? De deux gosses en larmes ?

— Je n'avais pas peur des gosses.

— Moi non plus, je n'avais pas peur des gosses.

— De quoi vous aviez peur, alors ?

— J'avais peur du truc qui les faisait hurler comme ça.

Et même si la frayeur s'est tassée par la suite, même si elle a presque disparu, une fois la photo rangée dans le fourgon blindé par des mains tremblantes, gantées et téléguidées, un noyau de peur est resté dans le creux du ventre de Julien, douloureux et tenace.

Le soleil du soir scintille sur le toit en verre du bâtiment accueillant le centre de commandement et le bureau du ministre. Allongé sur un canapé, le ministre essaie de garder les yeux fermés. Sa conscience bourdonne. Une autre conférence de presse est prévue dans 45 minutes.

— Dégagez, j'ai besoin de me reposer. Donnez-moi une demi-heure, merde.

Il attend l'effet des calmants que Saïd lui a glissés dans la poche. Pour la troisième fois, c'est Saïd qui l'a fait. Jusque-là, les cachets se manifestaient sur son bureau, dans sa limousine ou dans le tiroir de sa table de nuit. Des triangles blancs avec un minuscule trou au milieu. Dans la salle de bains, il s'est aspergé le visage d'eau, un, deux, trois cachets dans le creux de sa main, les traits fatigués dans la glace, son col et sa cravate défaits. Il a fini par les avaler sans états d'âme. Son crâne vrombit, mais doucement, tout doucement le calme s'impose, comme si on lissait très lentement une nappe froissée, en tirant les deux côtés d'une force égale. Il imagine des *nanobots* ou molécules, petites constructions géométriques tournant sur elles-mêmes, circuler dans ses artères. Il y a des moments inavouables, quand il est submergé par le stress et la tristesse, où il souhaite que ce calme s'approfondisse encore, pour de bon.

— Il faut saisir l'instant, lui a dit le secrétaire d'État. *Carpe diem*, mon ami.

Dans l'immédiat, il n'a pas su répondre. Il a juste regardé cette tête laide, ces yeux malins, ce crâne chauve.

— Qu'est-ce que vous dites, Bernard ?

— C'est une chance pour vous. *Carpe diem*. Cueillez le fruit, et puis faites-en quelque chose.

— Bernard. Je ne suis pas sûr de vous comprendre.

Son assistante et ses gardes du corps restent plantés derrière la porte pour éviter tout dérangement. Le téléphone de Saïd, connecté au Bluetooth des enceintes de la salle, est posé sur l'accoudoir du canapé. La basse et la plainte écoutées dans le café ont rejailli. Elles font vibrer les joints de la toiture transparente.

Des mesures oscillantes de langueur et de repos, après des heures de réunions, les premiers ordres, l'incompréhension et l'urgence générales. Bernard lui a expliqué :

— Il faut contrebalancer.

— Contrebalancer quoi ?

— L'attaque.

— Quelle attaque ? Il n'y a pas eu d'attaque.

Le ministre est en train d'écouter le morceau qu'il a découvert ce matin. La nappe se lisse. Porté par la basse douce, la voix énigmatique, il pense à cette minute qui a déclenché la pire journée de sa vie.

— Contrebalancer. Mais comment ?

— C'est en route, ne vous inquiétez pas.

La nappe est parfaitement lisse. Le ministre s'y engouffre, porté par la chanson qui ouvre des cathédrales ombragées dans son esprit.

Le calme s'est installé à nouveau dans la rue du Faubourg-Saint-Antoine. Le soir est clair et beau en dépit des quelques nuages blanchâtres qui tachent le ciel. Les toits des immeubles haussmanniens chauffent. À la télévision et sur les réseaux sociaux, l'image du poteau délimitant le trottoir de la rue, au pied duquel le soldat est mort, dévore toutes celles données comme alternative consolatrice ou divertissante. Elle contient en elle l'ensemble de l'univers. Les commentaires, quoique incessants, quoique répétés, repris, altérés et retransmis comme un mythe dément, s'étiolent en quelques heures, au lieu de siècles ou de millénaires, tout en augmentant sa force. Froide comme le corps dont elle émane, elle persiste dans le temps – le soldat mort – sur le goudron – au pied d'un poteau de la rue du Faubourg-Saint-Antoine.

C'est ce qui trouble le ministre, même à travers la quiétude biochimique des cachets, le regard posé sur cette image : le mort, le poteau, le macadam, l'atmosphère moléculairement altérée ; tout est disséminé en dédale. On vit et on meurt au point de confluence d'un grand nombre de mystères.

II

La « Nébuleuse ».

C'est Julien qui a trouvé ce nom. Lui et Pierre appellent le réseau comme ça, faute de mieux. Sans adresse, sans emblème, sans uniforme. Sans ligne de conduite. Sans nom. Un réseau qui s'étend comme un organisme archaïque. Identique aux chocs électriques qui traversent son système sensoriel, il réagit avec force à toute urgence qui le frappe. Des hommes et des femmes dans les services divers de la police, et même, Julien en est sûr et certain, au-delà. Chaque unité opère en fonction d'ordres spécifiques, reçus le moment venu. Le moment venu, c'est-à-dire maintenant. D'un instant à l'autre, la cellule bascule dans un autre fonctionnement, et l'accès aux ordinateurs est bloqué à leurs supérieurs immédiats. Julien et Pierre sortent de leur bureau, des dossiers sous le bras. Ceux qui les croisent à la centrale de Levallois sont déjà au courant. Il faut les laisser travailler et répondre présent quand ils vous sollicitent.

Julien reçoit l'appel masqué qui le fera partir d'abord pour la préfecture, puis sur les lieux des événements et finalement, tôt le lendemain matin, pour le nouveau palais de justice, au moment exact où Marie sort son propre portable pour voir ce qui l'a fait vibrer. Les applications de divers organes de presse affichent toutes le même type d'annonce – « Incident dans le XIe arrondissement de Paris », « Soldat touché à Paris » –, des lignes courtes accompagnant à peu près la même minuscule photo. Une rue parisienne, et une masse sombre. Elle clique sur une des alertes : un court article s'ouvre, suivi d'une vidéo ; elle découvre l'image du corps d'un soldat gisant à terre. C'est filmé à la verticale, à travers une vitre fêlée, le cadre est limité des deux côtés par deux barres noires. Marie suit le mouvement vacillant depuis l'intérieur d'un espace sombre jusqu'à une porte en verre pour s'approcher du corps. Elle entend la respiration de celui qui filme.

« Mon Dieu, murmure la voix. Mon Dieu, mon Dieu, mon Dieu. »

La personne pousse la porte du café. Quelqu'un dit :

« Fais gaffe, reste à l'intérieur.

— Il n'y a plus de tirs.

— Qu'est-ce qui s'est passé ? »

La caméra filme la cohue soudainement calmée, les gens sont assis ou allongés par terre, les visages désemparés, couverts de sueur, les traits toujours crispés. Le garçon touché à la cheville se met à pleurer, et la caméra s'approche de lui, filme les larmes qui sourdent de ses yeux. Puis focus sur le corps allongé, la tête de côté, le fusil. Une mince arabesque de fumée sort du canon. Un béret par terre à un mètre à peine. L'asphalte a bu le rouge du sang : seule persiste une tache noire sur un fond anthracite. Enfin l'image s'arrête. Marie appuie sur l'écran, relance la vidéo.

— Je dois y aller tout de suite, dit Julien.

— Quoi ? répond Marie, les yeux rivés sur son téléphone.

Le lendemain, la police scientifique récupère la seconde photographie bien avant que Julien et Pierre n'arrivent à Clichy. En amont, tout le bâtiment est évacué à la va-vite. Les hommes-scaphandres entrent par le portail de ce bloc de béton brut. Cette fois-ci, ils avancent dans un noir parfait, les yeux couverts d'un bandeau en Kevlar.

— Allez jusqu'à la cinquième porte à votre gauche, dit la voix dans l'oreillette.

En tâtonnant le long des murs, ils comptent les embrasures. Le premier, relié par une corde aux deux autres, porte une caméra sur son casque. La frayeur qui a mutilé l'esprit de la secrétaire persiste dans l'air. À partir de la première embrasure, ils peuvent sentir distinctement la présence de la photo. La voix de l'homme qui les supervise, dans une camionnette garée au bout de la rue, n'est pas nécessaire pour les guider. Malgré la terreur qui les pousse à fuir, ils s'approchent de la source. Une fois dans le bureau de la secrétaire, le dernier des trois pose une lourde boîte grise sur la moquette usée ; il tripatouille le couvercle sans trouver le mécanisme d'ouverture. Au sol, la photo rayonne. Le premier homme-scaphandre s'en approche ; il tâte le dossier de la chaise, le bord du bureau en formica ; comme convenu avec le collègue qui les guide, il coupe la caméra avant de se pencher en avant. Ses mains tremblent.

Pierre et Julien ont immédiatement cessé de travailler sur les enquêtes en cours. Tout ce qui compte, ce sont les ordres reçus d'un numéro masqué, un SMS énumérant une suite d'actions. Puis l'attente de nouveaux ordres, qui vont venir sous une autre forme, comme chaque fois. Distribuer. Rassembler. Reconnecter. Avancer. Voilà ce qu'ils ont compris du fonctionnement de la Nébuleuse.

Quand Julien et Pierre arrivent sur les lieux, le bâtiment est déjà mis sous scellés. Ils vont voir la secrétaire qui habite à quelques centaines de mètres de là. Après un échange pénible, marqué par une parole déchiquetée et des silences lourds, Julien note son numéro de portable sur un papier et le lui remet, au cas où, dit-il, démuni face à ses balbutiements.

— Le libre arbitre est irréductible.

Julien lève la tête du bol de soupe qu'il vient de faire chauffer au micro-ondes ; il pose la cuillère sur la table.

La phrase de Marie fait éclater la bulle de silence qui l'entourait.

— Quoi ?

Marie se tient contre le plan de travail, les lèvres serrées, comme si elle ne voulait pas en dire davantage, taire les mots d'une évidence qui devrait d'elle-même éclore entre eux. Femme et homme, au milieu de la nuit, dans cette cuisine, tenus par une fatigue partagée. Julien l'a réveillée en rentrant. Au lieu de se coucher en douceur, de se glisser dans le noir de l'appartement, il a allumé la télévision. Deux minutes plus tard, il est sorti sur le balcon pour fumer une cigarette, sans éteindre le poste. Marie respire le parfum de la pêche qu'elle porte à sa bouche. Le duvet fin du fruit chatouille ses lèvres. En observant le visage de Julien, elle ressent le désir de quelque chose de plus, quelque chose qui pourrait suppléer à leur existence commune. Le toucher d'une main bien plus douce que celle de son mari, un corps, peut-être, qui se meuve dans une obscurité chaude et feutrée. De nouveauté. Ou de l'enfant, encore. L'enfant dont elle ne rêve pas exactement mais dont elle sent, en pressant légèrement le fruit entre ses doigts, le regard, couleur nuit comme le paysage encadré par la fenêtre derrière elle. Un regard imaginé qui varie en fonction de l'arrière-plan, qui a été gris comme la mer bretonne, vagues sombres et écume, sur la digue de Brest quelques week-ends plus tôt. La mère de Julien, veuve, s'accrochait à son bras. L'enfant absent est l'expression du vide froid qui entoure la vie terriblement concrète de Marie. Qui l'entoure, la parcourt, la transperce.

Elle croque dans la pêche.

— Le mec, j'ai oublié son nom, celui qu'on voit partout, tu sais, dès qu'on parle de philo, le beau gosse ? Il a dit que peu importe qui a fait un truc, qui a décidé d'acheter une voiture, une fringue plutôt qu'une autre, qui prend la sortie sans mettre le clignotant, qui commet un crime, eh bien, il a toujours eu le choix. Qu'il le sache ou non, il a eu le choix de faire le truc ou non. Il aurait pu continuer à aller tout droit, aurait pu mettre le clignotant, il aurait pu rester à la maison. Mais il ne l'a pas fait.

— D'accord. Et alors ?

Julien saisit sa cuillère. Il est 2 heures du matin et il mange de la soupe en brique chauffée au micro-ondes.

— C'est tout. C'est juste que j'ai entendu cette phrase et que ça m'est resté en tête. « Le libre arbitre est irréductible. » Ça te parle pas ?

Julien ne voit pas l'enfant. Lui, il éprouve à tout moment une pesanteur, légère, mais bien présente. Comme une poussière qui flotte dans l'air. Elle devient visible dès qu'une dispute éclate. Il respire cette poussière, faite de mots retenus ou non pensés, restés en surface, même quand il quitte l'appartement. Il voit quelques gouttes de jus sur la lèvre supérieure de Marie, autour d'une petite cicatrice blanchie par le temps. Il la trouve belle, digne, comme toujours. Belle, digne, couronnée de poussière. En attendant sa réponse, elle croque une deuxième fois dans le fruit.

— Je sais pas, ça me semble très flou.

Marie s'assied en face de lui, Julien repose la cuillère sur la table.

— Je l'ai vu tout à l'heure à la télé. Le beau gosse. Sur un plateau, en train de débattre, d'essayer avec quelques autres d'expliquer la situation. Et même s'il abondait dans le sens du député défendant le gouvernement, il a redit cette même phrase. Et cette fois, elle a résonné différemment en moi. « Le libre arbitre est irréductible », « le libre arbitre est irréductible », ça tourne en boucle dans ma tête depuis, mais j'arrive pas à m'y tenir. C'est pas rassurant du tout, en fait. C'est carrément flippant.

— C'est formidable. For-mi-dab-le.

La salle de réunion sent le café tiède. Il est 8 heures du matin, un dimanche ; Julien a dormi trois heures, l'échange avec Marie s'est effiloché et il a dormi sur le canapé, sans rancœur. C'était comme ça. Au réveil, l'odeur de tabac froid, le goût dans sa bouche l'ont écœuré. Pierre et lui écoutent l'homme venu de la Nébuleuse. Peut-être n'incarne-t-il qu'une branche de l'opération, ils ne peuvent pas savoir. Il n'est pas important qu'ils sachent pour que la Nébuleuse fonctionne. Chaque cellule opère avec son propre horizon, déterminé par des ordres et des informations spécifiques.

Elle a recours aux ressources de l'unité dont elle relève. La police scientifique. Ses équipes, qui doivent la suivre dans la nuit, sans poser de questions. Mis à part cet horizon – incomplet –, la cellule est autonome.

— C'est absolument, totalement, for-mi-dab-le.

Le jeune homme avec eux dans cette salle est un expert du numérique. *Le ganglion par lequel toutes les cellules communiquent*, pense Julien. Peut-être pas toutes. Peut-être seulement la leur. Soudain, ils sont tirés de leur routine. Des journées, des semaines d'action souveraine au sein du mystère. Julien a toujours trouvé grisant d'avoir ce poste à moitié dans le brouillard. Les réunions au ministère ou au palais de justice. Les prérogatives. Le contrôle total pour réaliser les objectifs qu'on leur communique par SMS ou lors d'une brève visioconférence. Il sait que Pierre est d'accord avec lui, et que cet accord tacite est ce qui rend leur coopération possible au quotidien et en assure le succès. Il essaie de ne pas perdre le fil face au tableau pompeux que l'expert leur dépeint. Comme Pierre, il a du mal à supporter cette pluie d'adjectifs cherchant à illustrer les moyens mis à leur disposition.

— Vous voyez, le trafic tel qu'il arrive et tel qu'il repart, ses acheminements entre l'adresse IP de la personne physique et les *datacenters*, avec ses pics rythmés, trace l'oscillogramme d'une existence numérique. Ainsi, on peut deviner à quelle heure la consommation de pornographie, de propagande, de séries a lieu, sans avoir besoin d'accéder à l'historique de la personne. La solitude nocturne s'avère pour ainsi dire illusoire. La noirceur de tant et tant de nuits se trouve, si je puis me permettre, soudain baignée dans la lumière la plus blanche. Regardez ce dossier que je vais vous passer dans quelques instants : l'œil qui se penche sur les feuilles imprimées dans ce dossier posé sur la table, devient, si l'on veut, un projecteur qui arrache le plus intime à l'anonymat.

Julien peine à cacher sa fatigue face à l'enthousiasme de cet homme mandaté pour leur communiquer une liste de quinze appartements à perquisitionner. Des boutons sur les joues et des golfes qui avancent loin sur un crâne dégarni. *Trop vieux et trop jeune à la fois, le pire des deux mondes*, pense-t-il en l'écoutant.

— Et ? demande Pierre.

— Vous ne comprenez pas la beauté de la chose. Ça va même au-delà des fichiers que nous avons établis et qui comprennent déjà beaucoup de monde. C'est extrêmement pratique.

— Si, si, j'ai bien compris.

— L'efficacité.

— On a bien compris.

— La garantie de sécurité que cela représente.

Pierre est dégoûté par les perles de sueur sur le front de l'expert ; il imagine le corps maigre, mais pâteux sous le costume limpide, les taches de transpiration qui doivent apparaître sous ses aisselles, sur sa poitrine et son dos, dès qu'il prend l'escalier pour monter deux étages. Un corps soit imberbe, soit excessivement poilu. Un membre recroquevillé qui se cache comme une petite bête peureuse dans un buisson de poils drus.

— Du coup, cette liste ? dit Julien.

— Oui. Suite à l'exploration exhaustive de toutes nos ressources, on a pu déterminer environ un millier de personnes susceptibles d'être impliquées plus ou moins directement dans cette affaire. On vous soumet quinze noms issus de cette liste. Vous disposez de votre service pour tout mettre en place.

Des auréoles apparaissant dès qu'il doit accélérer le pas pour attraper le métro. Petite bête qui a peur du dehors. Qui se cache. Qui hiberne toute l'année dans le sous-bois. Petite bête aux abois.

— Je comprends pas, dit Julien.

— Qu'est-ce que vous ne comprenez pas ?

— Comment vous avez établi cette liste, si on n'a ni suspect, ni revendication, ni preuve décisive ?

Le visage imberbe en face de lui s'illumine.

— Il suffit de définir un ensemble suffisamment large à partir duquel on déduit, en adaptant l'algorithme, l'échantillon en question. C'est ma-gique, tellement c'est simple.

Julien a communiqué les noms à leur service qui s'est immédiatement mobilisé. Une quarantaine d'agents sont sous leurs ordres. Quinze perquisitions. Rien que d'y penser, il en a des frissons.

— Il nous faut une bonne « grotte », dit Julien en sortant de la réunion avec l'expert numérique, sinon ça avancera pas. Il faut bien amorcer le truc. Ou alors on va tourner en rond.

Explorer des grottes. C'est le nom que Julien et Pierre ont trouvé pour désigner ce type d'opérations lors de leur première intervention pour la Nébuleuse, deux ans auparavant. À l'époque, ils avaient reçu un message sur leur boîte mail professionnelle les convoquant dans un café sur l'île de la Cité, à deux pas des quais. Un jour gris ; du vent ; les cris des mouettes ; les bateaux-mouches et les flux de touristes défilaient sous le pont et à travers la vitre du café. Ils y ont attendu deux heures avant de recevoir un SMS. Y étaient indiquées une adresse en banlieue ouest, puis une description détaillée d'un homme d'âge et de taille moyens, armé d'un fusil à pompe.

— Qu'est-ce que tu penses qu'il a fait ? a demandé Julien.

— Tiré sur des travelos dans le bois de Boulogne.

— Sérieux ?

— Non. Je me fous de ta gueule. J'en ai aucune idée.

En sortant du café, ils ont vu une voiture garée à côté de la leur. Le gyrophare tournait en silence et quatre policiers attendaient à l'intérieur.

Pierre et Julien les ont suivis jusqu'à l'adresse envoyée par SMS. Une rue proprette, des voitures lustrées le long d'immeubles haussmanniens. Un caviste haut de gamme. Ils sont montés par la cage d'escalier en compagnie de deux des hommes, tandis que les restants sécurisaient le périmètre en bas.

Dans la cage d'escalier, la puanteur était déjà insupportable.

Au deuxième étage, les agents ont vomi l'un après l'autre. Julien et Pierre ont continué, une manche couvrant le nez et la bouche. Au quatrième étage, ils ont ouvert la porte entrebâillée et sont entrés dans le « camaïeu » : sur tous les murs de l'appartement, sur l'immense baie vitrée, il y avait des dessins, des empreintes de pieds et de mains, des runes, des caractères, des silhouettes. Une foule de signes et de couleurs sur toutes les surfaces, mise en relief par la lumière du matin qui tombait, tout à coup abondante, à travers les vitres souillées. Une fresque folle grouillant sur le blanc du papier peint et le verre. Ocre, jaune, cuivre, brun, acajou, rouge. Un camaïeu parfait.

Pierre a vomi sur le seuil de l'appartement ; Julien a pénétré dans le salon en s'étranglant. Devant la baie vitrée, un homme nu, couvert de merde, était assis par terre en tailleur. Les yeux fermés, il tendait son visage vers le soleil. Une flaque de sang s'étendait autour de lui.

Julien a ôté son blouson de cuir. Sans réfléchir, il l'a mis autour des épaules de l'homme.

— Qu'est-ce que vous dites ? a demandé Julien en se penchant vers lui.

— Ici c'est

Julien a comprimé les poignets de l'homme de ses deux mains. Deux coupures précises le long des artères.

— Ici c'est

— Ne parlez pas, l'ambulance est en route.

— Ici c'est la grotte de Lascaux.

— La grotte ?

— De Lascaux.

Julien avait levé les yeux. Il s'était senti enveloppé par la beauté trouble qui émanait de ce tumulte de couleurs, peint avec tous les liquides produits par le corps humain.

Plus tard, sur le trottoir, il avait raconté à Pierre ce qu'il avait entendu.

— Putain, le taré, a dit Pierre.

Julien a attendu quelques secondes. Puis il a dit :

— C'est pas l'homme de la description qu'on a reçue.

— Je sais.

— Ça te pose pas un problème ?

— C'est pas à nous de réfléchir à ça.

Julien se remémore souvent ce moment où il s'est retrouvé penché sur le corps puant et frêle de cet *artiste*, comme il n'a pas pu s'empêcher de le penser. Empreinte après empreinte, des contours d'animaux, des bonhommes allumettes, des silhouettes spectrales semblaient se mouvoir sous la lumière du jour. Des visages sans bouche ou sans yeux, des bouches et des yeux sans visage, déformés par le cri muet qui les animait. Et les endroits laissés vides, îlots de blancheur au milieu du chaos, reluisaient d'attente.

Mais ça, il ne l'avait pas raconté à Pierre.

Bien que les habitants soient généralement très surpris par l'irruption de policiers dans leur espace vital, les portes cèdent comme du papier crépon. Des portes frêles, amenuisées, peut-être, par une espèce d'attente inconsciente de l'irruption d'un ordre qui les fasse exploser. Des portes disposées à ce qui va venir. Des pas bottés, des silhouettes armées et cagoulées progressant dans une cage d'escalier. Une porte sortie de ses gonds et une masse sombre d'uniformes et de visages cagoulés, une fumée épaisse, noire, humaine, remplit l'espace à travers l'embrasure béante.

Quatre-vingt-seize heures de perquisitions. Il ne fallait pas se planter, garder la tête froide. Quatre-vingt-seize. La voix au téléphone a répété ce chiffre plusieurs fois. Avant de sortir de son bureau, Julien a répondu à cet appel masqué.

— Vous avez quatre jours pour trouver quelque chose.

— D'accord.

— Pas plus. La suite viendra, quoi qu'il en soit.

— Quelle suite ?

Pour toute réponse, la tonalité.

Lors d'une des premières perquisitions, Julien se trouve dans une chambre d'enfants. Sur les murs, des posters de

Neymar Jr, de toute l'équipe du PSG. Des rappeurs, lestés par des bijoux invraisemblables. Ils portent des maillots de basket trop grands, d'équipes qu'il ne connaît pas. Un lit superposé. À côté, un enfant d'environ sept ans se blottit contre le mur. Julien se dit qu'il a dû hériter de ces posters, peut-être même de celui des footballeurs. D'un grand frère, d'un cousin. Il jette de nouveau un œil sur les rappeurs. D'un oncle. De son père. Sa mère, dans une autre pièce de l'appartement, hurle le prénom de son fils. Il jaillit de son coin, passe devant Julien qui peut maintenant voir le maillot de foot bleu foncé floqué du numéro 10 qu'il porte.

— Doucement, dit-il en le suivant dans le couloir.

La mère crie encore une fois son prénom, il se faufile entre les hommes cagoulés qui remplissent l'appartement, dribblant autour d'une équipe de géants vêtus de noir. « POLICE ». Une main gantée l'arrête, mais il se débat, réussit à se défaire, en trois pas il atteint la porte de la cuisine.

— Quelle teigne, dit un des agents derrière le tissu qui couvre son visage.

— Doucement, Neymar, dit Pierre, qui sort de la chambre des parents, tu vas finir par plonger.

Trois femmes noires aux bras croisés, vêtues de pans d'étoffe amples et colorés, les regardent partir : des objets dans des sacs en plastique, emportés par les policiers scientifiques ; elles ont chacune trois cicatrices sur les deux joues. Pierre passe devant elles sans un regard. Julien hésite, puis le suit sans dire mot.

Sans trop savoir pourquoi, Marie a gardé le noyau de la pêche. Après avoir mangé le fruit, elle l'a glissé dans la petite poche de son jean qu'elle a ensuite remis dans l'armoire en rangeant leur chambre.

Julien et Marie se sont rencontrés dans une discothèque à Rennes. Il était sorti avec des cousins et elle avec sa sœur Manon qui y suivait ses études aux Beaux-Arts. Sous la lumière du stroboscope, la salle principale de cette boîte de province semblait être remplie d'un plasma noir et violet : des corps hachurés, une surface bouillonnante. Tous les mouvements saccadés, sauf pour elle, sauf pour la pâleur liquide de sa danse. Julien a fini son verre, en a rebu un, et puis un autre et un autre encore.

Il ne l'a jamais avoué à Marie mais l'ivresse a presque effacé tout souvenir de cette soirée. Quand il en parle, il reproduit ses mots à elle. Il ne sait pas à quel moment il a perdu ses cousins avec lesquels il était venu. Il se souvient d'avoir été seul, perdu et de s'être retrouvé dans les toilettes avec elle. Entre les deux, rien. Dans les toilettes, la lumière bleue et froide. Des glaçons dans les urinoirs qui fondaient sous son jet. Elle était habillée tout en noir. Une robe noire, des chaussures noires, un collant noir, un soutif noir, une culotte noire qu'il a tirée de côté après avoir remonté la robe et déchiré le collant. Il a posé sa main sur sa hanche en secouant sa bite demi-molle. Elle l'a saisie pour la branler énergiquement. Malgré l'écran de l'alcool, Julien a senti la douleur poignante causée par sa maladresse. Sa bite s'est ramollie encore.

À l'aube, ils mangeaient un mauvais kebab près de la discothèque. Il a avalé le sien en quelques bouchées. Elle lui a tendu son sandwich à moitié mangé ; il a été pris de tendresse.

Vingt-quatre heures après le début des opérations, Julien et Marie se retrouvent dans leur cuisine. Elle est debout et boit un verre d'eau qu'elle vient de remplir au robinet ; Julien est assis, en train de manger de nouveau une soupe. À côté de Marie, il y a trois photos accrochées au mur. Elle lit quelque chose sur son téléphone, visiblement distraite. Il est 8 heures du matin, elle est sur le point de partir au travail. Julien ne sait pas ce qu'il doit faire, l'état dans lequel il se trouve ne lui permet pas clairement de déterminer s'il est fatigué ou pas.

La tendresse qu'il a ressentie cette première fois, accoudé sur une poubelle, un sandwich enveloppé d'aluminium à la main, n'a pas disparu depuis. Parfois, il en est submergé. Elle peut surgir à tout instant. Lorsqu'il sort de la salle de bains, par exemple, et qu'il surprend Marie allongée sur le lit. Avec son vieux caleçon trop grand et son tee-shirt distendu, son visage de profil, à la lisière du cône de lumière qui entre avec lui par la porte de la chambre. Là oui, la tendresse le submerge.

Mais pas maintenant. Quelque chose de poussiéreux, de granuleux, s'est installé entre eux. Le jour lui semble terne et, au milieu de ce jour à peine amorcé, Marie également.

— J'ai réfléchi à ce que tu as raconté l'autre jour, dit-il. Sur le libre arbitre. Ça ne signifie rien. Ça dit rien sur ce qui se passe, ce qui s'est passé, ce que je vois au boulot. Le monde fonctionne pas comme dans les livres de philo.

— Eh ben, il s'agit aussi de *respecter* ce que ça implique : la liberté.

— Tu sais pas de quoi tu parles.

Julien se lève de table. Les trois photos punaisées à côté du réfrigérateur. L'une représente la côte du Finistère, en face d'Ouessant, la deuxième les montre tous les deux, pris en photo (par un touriste japonais) au sommet du mont Saint-Michel, contre le muret qui entoure la cour de l'abbaye. Sur la troisième Marie est seule sur les rochers roses de Ploumanac'h. Elle tourne à moitié le dos à l'appareil, un sourire esquissé sur les lèvres. Un sourire sur le point de naître, figé dans le temps. Un sourire qui luit, chaud, pour toujours dans ses yeux.

— En fait, ce qui m'énerve c'est que tu éprouves le besoin d'y réfléchir. Toute la journée, je pense déjà qu'à ça. Avec Pierre. Avec l'équipe.

Marie croise les bras et le regarde. Là, à cet instant, il n'y a rien entre eux. Elle le sent. Il les guette, ce vide, ce silence et s'intercale dans leurs conversations. Il la regarde et discerne une ride autour de sa bouche, sans parvenir à l'interpréter.

— Tout le monde y pense, dit-elle. Les politiciens ont beau calmer le jeu à la télé, on n'est pas dupes. Mon amie qui est institutrice me raconte que dans sa classe de CP les enfants « jouent aux morts », maintenant. C'est comme ça qu'ils disent. Ils s'allongent dans la cour pendant la récré et ne bougent pas. Pendant quinze minutes. Tu imagines la trouille que ça fout aux instits, à la directrice, aux animateurs, à tout le monde ? Ils leur ont demandé pourquoi ils faisaient ça. Tu sais ce qu'ils ont répondu ?

— Non. Dis-moi.

— Qu'ils savent pas. Mais qu'ils veulent être « prêts ». C'est pas complètement délirant, ça ?

Pendant ces quatre jours, Julien, Pierre et leur équipe franchissent quinze seuils, mettent les pieds dans quinze chambres à coucher. Des chambres que Julien trouve mornes, en général, et dont l'amas occasionnel de vêtements lui déplaît. Des meubles délabrés et moches dans leur simplicité. Produits à la chaîne, comme pratiquement tous les meubles. Mais chaque classe sociale a droit à sa propre gamme, ce que Julien juge désolant (la ressemblance entre les différentes habitations le frappe), avant de retourner dans son appartement faussement épuré, tout juste différenciable de ceux qui le jouxtent par son adresse physique, son adresse IP, l'endroit où il place son téléphone la nuit, sa géolocalisation. Son propre corps et celui de la femme qui dort avec lui.

Alors que Pierre colle le sceau entre la porte et l'embrasure, Julien pense à son propre appartement et à celui de son partenaire qu'il a visité une ou deux fois. Des murs peints en blanc, imperceptiblement plus sombres ou plus clairs que ceux de son propre lieu de vie. Il se souvient d'une PlayStation et d'une grande télévision, d'une machine à café à capsules, plus moderne que la sienne, d'un canapé gris, bon marché, acheté dans un magasin de grande surface présent sur toute la planète. Dans la cuisine, des récipients contenant des poudres protéinées, un planning accroché au mur avec les calories ingérées, le nombre d'exercices accomplis. Il repense à l'avant-veille, l'appel, Marie hypnotisée par la vidéo en boucle sur son portable. Et il imagine Pierre faire des pompes sur le sol carrelé de sa cuisine. Des pompes ou une prière, sur un tapis voué seulement à cette activité. Julien n'a jamais osé lui demander s'il était croyant. Une fois, il l'a entendu parler une langue étrangère au téléphone, une langue qui lui semblait totalement opaque. Un écran qui s'interposait entre lui et la part de réalité désignée par les mots. Quand il a demandé de quelle langue il s'agissait, Pierre a répondu :

— D'aucune.

Puis il a ajouté :

— J'ai saigné pour la France. Alors tu me fous la paix.

J'ai saigné pour la France. Julien a trouvé cette tournure de phrase étrange. Il s'est demandé si le français était la première langue de Pierre et si celle qu'il avait parlée au téléphone était sa langue maternelle. *Seulement* maternelle, c'est-à-dire une langue qui ne devait pas exister en dehors des quatre murs d'un foyer que Pierre ne semble pas assumer. Une langue reniée, brisée comme cet empire déchiqueté cent ans plus tôt, et où Pierre avait ce qu'on appelle des « racines ».

Le petit garçon au maillot de foot n'est pas le seul fuyard.

Au deuxième jour des perquisitions, l'unité d'intervention est au douzième étage d'un immeuble. La porte cède et elle se retrouve dans le noir. Elle avance à la lumière des lampes torches. Dans le couloir, les premiers trébuchent sur des chaussures éparpillées au sol.

— Y a personne dans la cuisine, hurle un des policiers cagoulés, son arme brandie ; le halo blanc de sa lampe glisse sur les placards et la porte du réfrigérateur.

— Dans la chambre non plus.

Un troisième écarte délicatement le rideau de douche dans la salle de bains ; en sortant il aperçoit la lueur métallique du canon de son fusil d'assaut dans le miroir.

— La salle de bains est vide.

— Où est-ce qu'il est, putain ?

Au moment où le dernier agent dépasse le meuble bas à côté des chaussures dans le couloir, les portes entrebâillées s'ouvrent d'un coup : l'homme en sous-vêtements qui en jaillit semble détaler avant même d'être debout. Une seconde et demie plus tard, lorsque le premier des policiers se retourne, il dévale déjà les escaliers.

Musclé et grand, le suspect pèse dans les 100 kilos. Malgré la peur, il essaie de maîtriser sa respiration, en gardant un rythme rapide et régulier. Il faut arriver en bas sans chuter, s'échapper par la grande porte, fuir, voilà sa seule pensée, succincte, simpliste étant donné que toute la rue est bouclée par la police. Succincte et cohérente. *Courir, ne pas chuter, fuir*. Dans sa tête, le bruit en rafale de ses pas que Pierre et Julien commencent à percevoir traduit cette logique implacable. Ses pieds tapent sur le béton froid des marches en évitant les morceaux de verre, les mégots, les déchets jetés par endroits dans la cage d'escalier.

— Arrêtez-le !

Il entend les mots hurlés derrière lui, ces mots qui attisent sa peur. Courir. S'échapper, putain de merde.

Au rez-de-chaussée, Julien et Pierre distinguent le bruit sec des pieds nus sur le béton de celui des bottes et des hurlements des policiers. Pierre appuie sur l'interrupteur : toute la cage d'escalier plonge dans le noir. Un des agents rate une marche et tombe sur son collègue, il crie en essayant d'attraper la rampe avant de basculer avec lui. Les deux hommes chutent sans que les pas du coureur ralentissent.

Courir, ne pas chuter, fuir. Il ne sent pas la fatigue. La peur le porte.

— Mais qu'est-ce qui se passe, putain ? Qui a éteint la lumière ?

Des policiers s'arrêtent, enlèvent la cagoule d'un des deux à terre. Son visage est couvert de sang.

— Merde, merde, merde. Qu'est-ce que tu fous, Pierre ? demande Julien qui se tient près de la porte.

Sans hâte, Pierre sort de sa poche un poing américain et le glisse sur les doigts de sa main droite. Il se colle contre le mur, près des boîtes aux lettres. Il se retourne vers Julien et dit :

— Cache-toi, mets-toi sur le côté.

Courir, ne pas chuter, fuir. Essoufflé, le coureur sent son pouls dans ses tempes. Il sait qu'il est à dix pas du rez-de-chaussée. Il tourne une dernière fois et, très brièvement, éprouve une sorte de joie, la perspective de l'air frais sur sa peau presque entièrement nue, l'immense parking au pied du HLM. Au bout du parking, la rue. Au bout de la rue, peut-être, une autre rue ou un talus où il pourra se cacher avant de continuer, une fois calmé, sa course. Il entrevoit tout cela derrière la porte massive, mélange d'acier et de verre, fermée sur la nuit. Il met son pied droit sur la dernière marche et saute. Au moment où sa jambe se lève, une silhouette jaillit devant lui et il ne sent plus qu'une douleur rouge et noire qui lui explose à la gueule.

— Si tu cours, tu as forcément un truc à cacher, dit Pierre plus tard dans la voiture. Je te l'ai déjà dit.

— Mais quand même, mec.

Julien regarde le parking sombre qui s'étire devant eux, les gyrophares qui s'éloignent.

— Si tu cours, tu en subis les conséquences.

— Mais pas comme ça, Pierre, dit Julien. Tu vas avoir des emmerdes, si tu continues de cette façon.

Pierre le fixe.

— Tu me menaces, là ?

— Non. Non. Mais tu devrais aller voir quelqu'un.

— Pourquoi ? Parce que j'ai arrêté un suspect en fuite ?

Julien détourne lentement son regard de la route pour désigner le poing américain taché de sang posé contre le pare-brise.

— Non. Parce que tu as pris ton pied à lui fracasser la gueule. Tu aurais pu le laisser aux mecs qui étaient devant la porte. Ils ont des Taser. Ça aurait été plus professionnel.

Pour Julien, une enquête a toujours la forme d'un entonnoir. Il faut y entrer avec soin. Savoir s'arrêter, se reposer, fût-ce seulement pour quelques heures. Une opération d'ampleur, comme la perquisition de quinze appartements, bouleverse le flux des jours et les concentre autour d'un objectif. Un objectif qui peut devenir une tache aveugle se dérobant à leur démarche.

C'est un marathon, pas un sprint, pense-t-il ce soir, à la veille du quatrième jour de perquisition, étonné par la banalité de cette formule. Elle lui semble à la fois juste et creuse face à l'urgence de leurs descentes nocturnes. Le quatrième soir, après trois nuits de portes brisées au petit matin. La masse noire des uniformes. Les fouilles soigneuses. Les visages désemparés des habitants, comme ceux des trois femmes africaines, chaque joue marquée trois fois par un couteau rituel.

Sur le balcon, Gabriel, le copain de Manon, sa belle-sœur, est en train de lui parler. Julien fait tourner les chipolatas au-dessus des braises. Les visages désemparés. Congestionnés. Enragés. Les portes brisées. Les portes qui s'ouvrent sur un salon accueillant, le sol recouvert de tapis rouges.

L'entonnoir ; c'est difficile de s'y soustraire.

Il a promis cette soirée à Marie la semaine précédente ; il s'y est tenu, malgré la fatigue poisseuse qui déjà l'envahit. Une fatigue qu'il connaît bien, qu'il faut savoir gérer pendant des jours et des nuits renversés. Les heures défilent à rebours. Elles risquent de s'embourber, s'il ne fait pas attention.

« Ça me reposera plus qu'une sieste. Je vais devoir partir vers 23 h 30 de toute façon », a-t-il dit le matin même.

Marie a acquiescé. Puis elle a appelé Manon pour confirmer.

Dehors, Julien et Gabriel tournent le dos à la porte-fenêtre de l'appartement. L'azur du ciel les encadre ; la barre verticale de l'immeuble y est plongée comme dans une piscine aigue-marine. Dans la cuisine, les sœurs préparent une salade de riz. Julien et Gabriel les entendent discuter et rire sans comprendre le sens des mots. Eux, ils viennent d'évoquer la relation à distance de Gabriel et Manon. Julien a raconté sa propre expérience avec Marie, quand elle vivait encore à Metz, et lui à Saint-Cyr.

— Et tu travailles sur cette histoire de panique dans le XIe, avec le soldat mort ? Manon m'en a parlé.

Gabriel pose un Tupperware sur la petite table à côté du barbecue.

— Tu peux cuire nos légumes séparément ?

Julien est mal à l'aise ; il a demandé à Marie de ne parler à personne de l'enquête.

— Et toi, tu fais quoi ? Prof, non ?

— Je suis doctorant à l'EHESS, en sociologie.

— C'est sur quoi, ton doctorat ?

— Spinoza.

Julien s'allume une cigarette et tend le paquet à Gabriel qui en prend une. Il a essayé de lire Spinoza, en classe préparatoire à Rennes, à une époque tellement lointaine. Il avait été à la fois impressionné et effrayé par la forme du texte, la rigueur mathématique de la déduction qui lui restait totalement opaque. Un texte construit comme une machine parfaite. Parfaitement inapte, jadis, à octroyer un sens à ce qu'il faisait.

Il retourne les chipolatas ; elles sont légèrement noircies d'un côté. Il les déplace, puis met les tranches de courgette et d'aubergine du Tupperware sur la grille.

— Il en dit quoi, de la terreur, Spinoza ?

Julien sent l'odeur de l'ail brûlé qui est tombé sur les braises. Gabriel lui est sympathique ; il apprécie immédiatement l'échange qui se noue entre eux. Gabriel lui explique qu'il travaille sur la « conception des institutions politiques dans la pensée spinoziste ». Il dit qu'il n'a pas de réponse directe à cette question. Quand Julien lui demande comment Spinoza conçoit l'action de la police, face au crime, face à la terreur, Gabriel hésite.

— La police est la pointe acérée de l'État.

— « La pointe acérée » ?

— Oui, la pointe acérée.

— Et c'est Spinoza qui dit ça ?

— Non.

— Qui, alors ?

— Moi.

Julien attend. Il regarde les saucisses et les légumes cuire. Sa cigarette brûle entre ses doigts. Il ne sait pas quoi faire de cette phrase. Il se demande s'il s'agit d'une description métaphorique ou d'une insulte.

— Tu es sérieux, là ?

Deux heures plus tard, Julien est assis sur le balcon et regarde le ciel bleu qui s'assombrit doucement. Il est sur le point de repartir en mission pour une quatrième nuit. Marie range à l'intérieur. Elle est restée songeuse après le repas, légèrement fâchée à cause de la tournure étrange qu'a prise la conversation à table. Julien et Gabriel sont entrés dans un débat tendu qui a étouffé tout autre échange.

— Pour les gens, une mort n'a pas d'importance tant qu'elle n'est pas violente. Dans le cas du soldat du XIe, c'est la violence qui donne un sens à sa mort. C'est pour ça que notre travail est important. Nous, on l'explique, on la rend compréhensible, cette mort, face à ceux qui l'ont causée. C'est comme ça qu'on offre un sentiment de sécurité aux gens, explique Julien.

Gabriel a hésité. Il a dégluti et il a dit :

— Si tu veux. Mais ça s'applique seulement si cette mort est rendue visible. Si on la désigne comme une mort qui *doit* être perçue et interprétée. Sinon, tout le monde s'en fout. Ça, c'est le problème que vous, la police, ne pouvez pas traiter. C'est pas vous qui décidez de ce qui est rendu visible ou pas, non ?

— Tu sais pas de quoi tu parles. C'est la situation qui se présente à nous, personne décide de quoi que ce soit.

Gabriel a encore hésité. Il a observé les deux sœurs qui s'étaient tues et regardaient ailleurs, surprises par le changement de ton qu'elles ne savaient pas déchiffrer.

— Tu as sûrement raison, a-t-il conclu.

La conversation ne s'est pas immédiatement tarie. Mais elle s'est lentement éteinte. Pendant le reste du repas, les sœurs ont échangé des regards obliques et au moment des au revoir, un silence gêné régnait entre eux quatre. Marie a dit à Manon qu'elle allait l'appeler dans les jours à venir. Gabriel a fait la bise à Julien. Puis ils sont partis.

Julien n'a pas su s'expliquer comme il l'aurait voulu. Ni auprès de Gabriel ni ensuite auprès de Marie. Il n'a pas su mettre de mots sur l'*urgence* qui l'animait dans son travail.

Seul, sur le balcon, il aperçoit un drone scintiller dans le bleu crépusculaire. Un jouet d'enfants tout en plastique. Il se lève, baisse les yeux et voit deux adolescents, têtes tournées vers le ciel. L'un d'eux tient une télécommande. Il repense au jeune homme précocement vieilli qui leur a présenté la liste des adresses à perquisitionner, à sa passion pour la technologie, à sa conviction. À l'autorité neutre flottant dans ses mots. Une autorité totalement étrangère à toute sa personne, mais parfaitement véhiculée par celle-ci.

En s'imaginant discerner les yeux robotiques du petit aéronef, Julien entrevoit les arguments qu'il n'a pas su mobiliser face à Gabriel. Comme si, en survolant leur mission, la mission d'où naissait l'urgence à laquelle il pense sans cesse, celle-ci était déjà presque accomplie. Il s'imagine monter haut et loin. En un instant, il parcourt des kilomètres de vide bleu clair, jusqu'à la lisière blanche de la stratosphère. Au-delà de la couche d'ozone, dans le noir de l'espace, les satellites clignotent. En dessous, toute l'agglomération se blottit dans son bassin. Il contemple l'extension de son vaste réseau fait de lumière, d'asphalte et de béton.

Les milliers de tonnes d'acier en mouvement sur les routes ; les volées d'avions dans le ciel ; les colliers de lumière mobiles autour des grands nœuds d'infrastructure. Paris. Sous son regard bionique imaginaire, les flux respirés par la ville, vies, marchandises et informations, circulent sous une forme idéalement commune. Rien n'entrave leur rythme calme et rassurant.

La lumière se fait mauve, avant de s'enfoncer dans les gris. Les deux adolescents et leur jouet volant disparaissent derrière les immeubles d'en face.

Julien rentre pour aider Marie, quitte à se faire engueuler un peu plus.

Quand il se couche le lendemain matin, il s'éloigne le plus possible de Marie. Allongé sur le bord du lit, il cherche à tout prix à éviter que le rythme de ses mouvements discrets soit transmis par les ressorts du matelas. Le coude suspendu en l'air, il masse laborieusement sa bite.

J'en ai marre de me branler, pense-t-il.

Son érection se ramollit au fur et à mesure que ces mots se forment dans son esprit.

« T'as toujours été un peu une fiotte », lui a dit Pierre un jour.

Les yeux fermés, il écoute Marie respirer dans son sommeil. Elle est allongée sur le dos, l'avant-bras droit sur son front. Il s'imagine deux enfants, dans la même position. Couchés sur le goudron d'une cour de récréation. Ils ne rient pas. Ils ne parlent pas. Ils sont sortis calmement, sans se bousculer, ont descendu les escaliers en rang, par deux, pour retrouver chacun sa place. Pendant quinze minutes, ils restent allongés. Sans faire un seul mouvement. Des enfants étendus par terre, dans toutes les positions imaginables. Les paupières fermées. La directrice qui les observe de sa fenêtre doit faire un effort pour les voir respirer. Au milieu, Julien visualise le petit garçon, celui qui a couru de sa chambre jusqu'à la cuisine pour rejoindre sa mère. Le petit dribbleur qui a couru si vite. Il est allongé, et il porte son maillot de foot. Sur le dos, les bras et les jambes écartés. Ses yeux sont grands ouverts.

La quatrième nuit, Julien et Pierre ont commencé par une adresse dans la banlieue nord.

Julien conduit et Pierre somnole à côté de lui. Julien pense à l'ampleur de l'opération à laquelle ils participent. Il en a un peu le vertige. Quand il essaie de se figurer la forme de la « Nébuleuse », il pense à un faisceau de racines. Mais pas dans la terre. Des racines qui se nouent, qui se ramifient entre le sol et le ciel. Un rhizome qui pénètre l'air. Dans son imagination, une racine vient se connecter à son front, entre les yeux. Quinze appartements à perquisitionner. Ils ont presque accompli leur tâche. Quatre nuits blanches. Quinze parmi tant d'autres. 1 000 divisé par 15 fait 66,6.

Y a-t-il 67 équipes ? 68 ? Plus encore ? Est-ce que chaque équipe a exactement la même tâche que les autres ?

Il doit y avoir donc au moins une soixantaine d'équipes qui œuvrent toutes les nuits, toutes séparées, reliées par la tâche commune. Et il imagine ces mille lieux de vie sur une carte, tous reliés les uns aux autres par les fibres de la Nébuleuse qui se meut, qui se transforme à chaque instant en traversant le monde. Probablement, ces appartements ne représentent-ils qu'une seule de ces branches. 10 fois 1 000 fait 10 000. Y a-t-il une limite ? Oui. Peut-être. Peut-être l'intensité de l'urgence. Peut-être pas.

En classe préparatoire, Julien avait dû rédiger une dissertation en philosophie sur le concept de « finitude ». À l'époque, il avait terminé son texte par une citation tirée du Wiktionnaire pour clore une réflexion artificielle et bâclée, tout aussi bâclée que les deux dernières années de sa vie : « Chaque portion de la matière peut être conçue comme un jardin plein de plantes. Mais chaque rameau de la plante est encore un tel jardin. » Chaque branche de la Nébuleuse est encore un tel jardin. C'est la phrase qu'il a en tête en conduisant la voiture à travers la nuit illuminée de la métropole. Toute racine contient en elle toute la plante. Toute racine est encore un tel jardin.

Les portes. Les appartements béants. Les visages. Tout ça coule sur lui. En y baignant, Julien feint l'indifférence. Mais il y a des choses qui s'accrochent, qui pénètrent son esprit, pêle-mêle. La moquette grise et poussiéreuse d'un salon. Des fenêtres jaunies par la crasse. Un étendoir qui tient uniquement grâce à deux vieilles chaises, et une étagère remplie de Tupperware. Quinze hommes assis sur de petits tapis ronds autour d'un autre homme, debout, qui couvre son visage de ses deux paumes. Des corps en mouvement, des armes levées, des ordres hurlés. Une main gantée qui se pose impérieusement sur une épaule. Le cri strident d'un nourrisson et les larmes silencieuses d'une accouchée, séparée de son bébé le temps d'un interrogatoire. Les yeux d'un homme au visage ensanglanté dont il peut retrouver le portrait dans un fichier sur son ordinateur et sur son smartphone.

La quatrième nuit d'affilée, sur la pente de l'entonnoir.

En bas de l'immeuble, ils entendent déjà les chiens aboyer. Les agents de l'unité d'intervention sont montés devant eux. La porte de l'appartement est ouverte ; un des policiers est en train de menotter un jeune homme en survêtement. Dans la chambre, Julien avise un matelas à même le sol, et dix gamelles pour les chiens de la pièce à côté. Un ordinateur portable, ouvert et allumé, trône sur la table au milieu de la pièce. Un vélo et un sac de livraison Deliveroo posé par terre.

— On a trouvé du matériel, dit un des policiers scientifiques.

— Emballez-le. Il va falloir lui demander son mot de passe, lui répond Julien.

— Et il faut faire sortir les clebs d'ici. Ça fait mal à la tête, ajoute Pierre.

— Oui. Mais c'est galère. Il y en a cinq et ils veulent mordre.

Julien s'approche de la table, la main sur le dossier de la chaise. La lueur de l'écran, blanche et aveuglante, dans l'extraordinaire nudité de la pièce. Il s'assied, l'extrémité des doigts suspendue au-dessus du clavier. Il pense à l'homme assis en tailleur par terre dans la « grotte de Lascaux », sur une flaque grandissante, les murs peints de tumulte archaïque. La première grotte. Maintenant, ici, cinq chiens dont la rage emplit toute une pièce.

— C'est bien une « grotte », dit Pierre.

— Ou un passionné de pitbulls, répond Julien.

— Non, c'est bien une « grotte ». C'est ici qu'il faut creuser. C'est notre homme, je le sens.

Julien descend avant la fin de l'opération. Des cerisiers, comme il en a souvent vu enfant, percent la dalle devant le bloc HLM. Debout à côté de la voiture, il sort son paquet de cigarettes et s'imagine, le temps d'une seconde, leur floraison. Au bout des branches, les bourgeons s'ouvrent, déploient des flocons blancs innombrables. Les fleurs se tiennent par milliers dans l'air qui les entoure. Puis elles se défont, cèdent leur place au rouge des fruits.

Sous les feuilles d'un des arbres, un clochard est assis entouré de ses affaires. Il observe Julien, le regarde sortir le paquet ocre de son manteau : dessus, l'image d'un enfant fumant une cigarette à travers sa tétine.

— Je peux en avoir une ?

Deux agents de l'unité d'intervention sortent de l'immeuble, accompagnant le jeune homme aux chiens. Julien les salue d'un mouvement de tête. Pierre a eu l'idée salvatrice d'utiliser les Taser pour calmer les pitbulls fous de rage. La lueur blanche d'un écran dans l'extraordinaire nudité d'une pièce. Cinq bêtes qui se convulsent par terre. Quelle galère pour les maîtriser. Il a presque fallu les abattre. Julien fume sa cigarette, loin de Pierre et de l'équipe.

— Tu connais le mec qui habite là, avec ses chiens ? demande-t-il au clochard.

— Je connais les chiens. J'en avais un avant. Il y a longtemps.

— Mais tu le connais, ce gars ? Celui qui vient de descendre avec les collègues ?

— Il était doux.

— Doux ? Avec les chiens ?

L'homme aspire la fumée, la retient quelques secondes, avant d'expirer lentement par le nez.

— Je peux en avoir encore une ?

— Garde le paquet.

Le clochard observe le rectangle dans sa main.

— C'est bizarre de mettre des images comme ça, non ? Qu'est-ce que ça veut dire ?

— Qu'il faut commencer jeune, j'imagine, dit Julien en se détournant.

Puis il se dirige vers sa voiture. Les feuilles bruissent sous ses pas.

La grande salle du ministère est remplie de monde.

L'air frémit. L'attente coagule dans les silences qui entrecoupent les chuchotements et murmures entre les dirigeants des différents services, de l'Intérieur et de l'Extérieur, des forces d'intervention et de la police judiciaire. Chaque fois que quelqu'un se tait, ne serait-ce que pour respirer, l'expectative fait briller des yeux fébriles. Quand la porte de la salle s'ouvre, et que l'experte en exploitation d'images, une femme rousse, petite, entre d'un pas assuré, toute la salle se tait. Elle pose sa serviette pour en sortir un ordinateur qu'elle relie au vidéoprojecteur accroché au plafond. Dans son dos, la porte s'ouvre une seconde fois, et le ministre, accompagné de ses gardes du corps, entre. Ses yeux sont rougis. Il s'assied à l'autre bout de la table en passant quelque chose à Saïd qui s'installe, debout, contre le mur.

Le vidéoprojecteur s'allume en baignant toute la salle, durant quelques secondes, d'une lumière bleu fluo. Puis apparaît, vue d'un angle élevé et large, la rue du Faubourg-Saint-Antoine, non loin de l'ancienne fontaine de Montreuil. En bas à droite, le ministre lit « 14 h 30 et 12 secondes », et la date d'il y a quatre jours. Devant cette vue panoptique,

Mme Nefroy, dirigeante de l'unité d'exploitation d'images, commence son exposé.

— Aujourd'hui, il existe environ un millier de caméras de surveillance à Paris. (Elle se tient droite, en laissant glisser un regard assuré sur son public.) Bien sûr, ça n'inclut pas les caméras des commerces ou celles qui se trouvent dans le métro ou les gares.

Le ministre est étonné par la fermeté de sa voix, l'aplomb avec lequel elle retient toute l'attention des gradés. Malgré sa fatigue, à peine réprimée par les substances ingérées entre deux réunions, il fixe le visage de cette femme, sa bouche maintenant close et ses yeux gris-vert. Elle attend encore quelques secondes avant de poursuivre.

— Toutes ces caméras servent à sécuriser l'espace public en nous fournissant un flux continu d'images. Ce que vous voyez derrière moi, ce sont les images de celle qui se trouve au niveau du carrefour Faidherbe – Saint-Antoine, au moment de l'incident.

Elle a passé les derniers jours dans une salle sombre, éclairée par la lumière indirecte des écrans. Des écrans alimentés par toutes les caméras de la ville, toutes sauf quatre, une dans chaque coin de la pièce, dirigées vers son bureau et ceux de ses collaborateurs. Pour elle, le plus grand défi de cet exposé, c'est de traduire l'incessante avalanche d'événements et de non-événements à laquelle elle est confrontée au quotidien, de rendre palpable le travail monstrueux face à ce flux, les rues, les ponts, les entrées des bâtiments, les avions qui atterrissent et décollent, les différents ministères, les stations de RER, le port de Gennevilliers, les péages, les lumières et l'obscurité intermittente, et puis tous ces *gens*.

Derrière elle, l'image gelée de la rue du Faubourg-Saint-Antoine, en plan large. Elle s'avance vers son ordinateur.

— Regardons donc.

L'image des deux adolescents est projetée sur le mur : ils se bousculent au ralenti, tandis que le feu piéton passe du vert au rouge, le temps d'un battement de cœur. Le ministre croit apercevoir les traits pixélisés de leurs visages rieurs. Simultanément, d'autres piétons entrent et sortent du cadre, des deux côtés, le trottoir est relativement fréquenté. Le secrétaire d'État, assis à côté du ministre, se penche en avant, les deux garçons attendent, le ministre attend, et le feu passe du rouge au vert. Bernard regarde à peine les deux garçons, il observe la foule éparse descendre du trottoir ou y monter, en somnambule, de l'autre côté du passage piéton. Les garçons traversent la rue, pas à pas, le premier se retourne, dit quelque chose à son ami, le ministre trouve qu'ils ont l'air enjoué, insouciant. À cause de leur lenteur artificielle, imposée après coup, leurs gestes lui semblent graves, définitifs. Entre les jambes en mouvement, le secrétaire d'État continue à scruter le sol. Il examine les Stan Smith, les talons, les savates défaites d'un clochard en guenilles quand apparaît, petite lueur blanche, un objet rectangulaire. Le premier garçon glisse, tombe son bras droit tendu vers le sol, et sa main apparaît dans le champ de vision du secrétaire d'État. Elle se pose sur l'objet à terre et au moment où ses doigts l'effleurent, l'atmosphère dans la salle bascule. Le film rembobine, les garçons de l'autre côté de la rue et le Polaroid disparaissent dans un passé factice et perpétuellement actualisable.

Mme Nefroy savoure les quelques secondes de silence pesant qui s'ensuivent.

— C'est à cet instant précis que le film s'arrête. Il n'y a pas d'images de ce qui s'est passé après. Nous ne savons pas pourquoi. (Elle appuie sur une touche de son clavier et un plan de Paris s'affiche.) En revanche, nous avons pu retracer le cheminement des deux adolescents, de La Plaine Saint-Denis jusqu'au croisement.

Elle attend de nouveau ; laisse les secondes s'écouler. Plantée devant ces hommes sérieux, elle se sait le pôle magnétique de leur attention.

— Malheureusement, nous n'avons pas le moindre indice sur la provenance de la photo.

— Qu'est-ce que ça veut dire ? demande le secrétaire d'État.

— Qu'il n'y a rien sur le trottoir jusqu'à 14 h 32 et 49 secondes, où un petit rectangle blanc apparaît sur le sol, que le garçon va retourner seulement une demi-minute plus tard.

— Mais comment est-ce possible ?

— Je ne peux pas vous en dire davantage, tout comme nous ne savons pas pourquoi la caméra a cessé de filmer dès lors que la photo a été retournée. L'appareil est resté parfaitement intact, mais il n'enregistre plus d'image.

Sans se l'expliquer, le ministre est attiré par cette femme qui se tient devant lui. Ses cheveux sont légèrement plus foncés que ceux de son épouse. S'il plisse un peu les yeux, en floutant son regard, sa silhouette devient l'aurore boréale de celle qui n'est pas là. Une image déformée, déteinte, mais dont le halo est bien présent. Il essaie de l'imaginer dans une robe de soirée devant un piano à queue laqué ; puis il se représente la peau blanche, des taches de rousseur. Il imagine la chaleur d'un corps. Les plis secrets, le poids de ses formes dans le creux de ses mains.

— C'est tout de même embêtant, dit-il.

Marylise. Sa femme. Elle est partie en tournée mondiale. Pas en Amérique, pas en Asie. En tournée *globale*. Elle lui avait présenté l'itinéraire, la suite de vols de continent en continent pendant trois mois, ligne sur ligne, du Cap à Buenos Aires, de Shanghai à Rome, dévidant la pelote de ses incessants déplacements. Elle passera du jour à la nuit, de la nuit au jour, dans l'avion privé, s'exerçant sur un sosie de son Steinway vissé au sol. Elle ne boira que l'eau la plus pure de l'Antarctique tandis que le temps perdra tout sens, tout comme l'espace, variables aléatoires, insignifiantes, au regard des envolées mathématiques d'un génie protestant mort il y a des siècles. Des villes pharaoniques, des rangées de gratte-ciel comme les bouches édentées d'une race de géants disparue. Des salles de concert dénudées comme des abattoirs gigantesques. *Elle*, au milieu et tout de blanc vêtue, une carafe sur un troisième Steinway, fait perler note sur note, le nom secret du ministre inscrit dans chaque pause.

« Je t'aime, mon amour, même si je suis loin de toi. »

— En gros, ça a servi à rien, votre truc, si je puis me permettre, dit le ministre.

L'aurore boréale aux cheveux de cuivre s'éteint, toute confiance perdue.

— Nous avons pu écarter un bon nombre de pistes. Ce n'est pas négligeable.

Ils passent les deux heures suivantes à discuter en boucle, des hommes grisonnants se contredisent autour du ministre ; la ride du lion fend de plus en plus son front. Pour lui, ce genre d'exercice a toujours quelque chose d'à la fois futile et fatidique. Une fois, en conseil des ministres, il avait regardé tous les membres du gouvernement réunis autour de la table. Et puis il s'était vu lui-même, un pistolet à la main, passer de l'un à l'autre pour leur tirer à chacun une balle dans la tête. Les corps glissaient un à un sur le sol, la table éclaboussée de sang et de matière grise. Les corps glissaient, mais les silhouettes restaient sagement assises à leur place. Il essayait de les toucher, et sa main les traversait. Il continuait à liquider tout le gouvernement. À la fin, il s'était rassis sur sa chaise, avait contemplé les spectres ministériels, et leurs dépouilles gisant à terre. D'une façon vaguement rituelle, il avait mis le pistolet contre sa tempe. Il s'observait glisser à terre tout en restant assis. Le côté gauche de sa tête explosait ; en même temps son hologramme se levait pour annoncer le prochain point à l'agenda.

— Il n'y a pas eu de revendications ? demande-t-il au directeur de la sécurité extérieure.

— Seulement quelques tweets apologétiques, mais rien de bien précis.

— Apologétiques de quoi ?

— De ce genre d'actes.

— Mais il n'y a pas d'origine déterminable.

— C'est exact.

À côté de lui est assis Bernard. Petit, trapu, il dirigeait encore récemment les services de l'Extérieur.

— Bon, il faut regarder les choses en face. C'est un problème à la fois endogène et exogène, dit-il.

— Qu'est-ce que ça veut dire ?

— Il faut une réaction ferme autant sur le plan intérieur qu'extérieur. Sur le plan intérieur, c'est bien lancé, le travail est entamé. Ça va sans doute aboutir à quelque chose bientôt. C'est inéluctable et on peut s'en féliciter. Mais il faudra également réfléchir à ce que l'on doit entreprendre sur le plan extérieur. La réputation du pays est en jeu. Tout le monde nous regarde.

À cet instant, pour le ministre, cet homme a la solidité éprouvée d'une ville millénaire. Son front est un glacis, ses traits sont des casemates entre lesquelles il peut se réfugier.

— C'est cela, oui. C'est tout à fait ça, dit-il en soulignant son acquiescement par un mouvement de la tête. Mais dites-nous, Bernard, ajoute-t-il, qu'est-ce qu'il faut faire, alors ?

— Confiance dans la police, dans son travail qui, comme je l'ai dit, avance à grands pas.

— À grands pas ? On ne vient pas de voir le même exposé.

— Je vous l'ai dit : faites confiance.

Plus tard, après une conférence de presse où il déclame un texte qui lui paraît vide mais vaguement rassurant, il traverse la ville nocturne pour rentrer chez lui. Le reflet des rues animées semble couler sur la surface fuselée du véhicule silencieux, qui apparaît et disparaît sur les écrans de la salle de surveillance. Mme Nefroy n'y retournera que le lendemain. Les lumières défilent sous les yeux à demi clos du ministre. Une fois arrivé, il s'écroule sur le canapé du salon, sous la chape noire d'un sommeil lourd et chimiquement forcé. La plainte sombre et radieuse d'*avbvrn* fait vibrer tout l'immeuble.

Julien sait qu'ils passent nécessairement à côté de certaines choses, ça fait partie du travail. Il est 6 h 30 du matin, la quatrième nuit vient de se terminer. Marie dort encore. Il repense aux cerisiers, à l'homme vêtu de sacs en plastique, assis sur la dalle. À ce jeune coursier qui vit avec cinq chiens dans un deux-pièces. Leur « grotte ». Le point focal de l'enquête. Dans son rêve naissant, des pétales blancs pleuvent sur le visage du clochard. Ou des feuilles mortes. L'homme aux yeux aussi clairs que ses vêtements sont souillés tend les lèvres vers la cigarette allumée que Julien lui offre, et inhale profondément. Il ouvre à moitié la bouche, comme s'il hésitait à dire quelque chose. Julien se laisse glisser dans le sommeil. Les feuilles mortes bruissent sous ses pas. Le clochard le suit du regard avant de finir en toute tranquillité sa cigarette. Il reste assis comme ça, pendant que les policiers emballent leurs preuves, chargent leurs voitures, et partent, le suspect au fond d'un fourgon. Peut-être a-t-il trouvé quelque chose dans les poubelles. Une liste de noms et de lieux hâtivement jetée avant l'arrivée des policiers. Une photographie qui reste noire à ses yeux. Lui, le jumeau dépareillé de tant d'autres, un être devenu presque identique à ceux qu'on trouve au coin des rues, des squares, des porches d'immeuble, des dalles fleuries. Un homme qui s'évapore sans laisser de trace au moment où son cœur s'arrête.

Quand Marie se lève pour aller au travail, Julien dort profondément.

Le libre arbitre est irréductible. Elle se tient encore à cette phrase comme au noyau de pêche qu'elle a glissé dans la petite poche de son jean. Dans le métro, elle le sort pour sentir les anfractuosités de sa surface. Petite planète, oblongue et rugueuse. On est jeudi, jour de l'atelier presse avec les patients. Près de l'hôpital, elle se rend dans un kiosque, demande tous les titres du jour, paie et range la facture avec soin dans son portefeuille. Elle dépose la pile de journaux dans la salle de pause.

Elle pense encore à cette phrase qui l'épouvante. Elle aurait aimé que Julien lui demande :

« Mais pourquoi tu parles de libre arbitre, de liberté ? »

Et elle lui aurait répondu :

« Parce que j'ai peur que ça se reproduise. J'ai peur que ceux qui ont fait ça le refassent encore et encore. Qu'ils *récidivent*, une fois, deux fois, plus. »

C'est là qu'il l'aurait rassurée, en la serrant dans ses bras, en lui disant que c'était faux, que la police, que tous les mécanismes en œuvre, toute cette grande machinerie allaient mettre fin à la possibilité même d'un tel événement.

Julien ne sait pas que Marie fait des cauchemars depuis qu'il a été appelé cinq jours auparavant. D'abord autour d'une version déformée de la première vidéo, l'œil de la caméra vacillant sur un corps de soldat. Dans son rêve, elle est à la fois celle qui filme et celle qui regarde. Elle se penche sur le corps qui lui semble grand comme une montagne. Tout un peuple pourrait s'y réfugier, pense-t-elle dans le rêve. Puis elle le prend par l'épaule pour le retourner. À ce moment précis, sa vision change : dans les multiples facettes d'un œil de mouche se brise un décor paisible et lointain, une rue presque vide, grise, bordée de maisons de la même couleur. Éternel crépuscule, il n'y a pas de mouvement dans ce rêve, seule une attente grandissante, une attente se transformant lentement en angoisse jusqu'au point où la tension la réveille et où elle tâtonne dans le noir pour vérifier qu'il y a bel et bien un corps vivant à ses côtés.

Marie remplit les piluliers des patients avec l'aide d'une collègue infirmière qui lui parle de ses problèmes avec son fils.

Dans la salle de l'atelier, elle dispose les journaux sur une table. Elle appréhende. Elle éprouve la peur distincte de devoir se confronter aux impressions de ces personnes au regard altéré, mais aiguisé par l'expérience qui les ont menées à ce lieu. Devant elle, un éventail de unes, toutes reprenant plus ou moins le même motif, le président, expression calme et grave, mains posées sur le pupitre, et les titres à peu près du même ordre : « Il faut faire bloc », « La nation entière est touchée », « Un héros tombé pour la nation ». Elle sort de la salle pour aller chercher les patients.

Cette nuit, le rêve s'est répété une fois de plus, ou plutôt sa seconde moitié, cette espèce de nature morte étrange : une rue, des maisons, sous différents angles. Sans nature. Sans vie. Une rue, une ville morte, la vie arrêtée ou disparue, sous le regard d'un œil fracturé et éternel. Cette fois-ci, elle a compris que c'était l'œil lui-même qui avait peur.

— Maintenant, lisez au moins un article d'un de ces journaux, et après vous nous présentez votre choix, d'accord ? demande-t-elle au cercle de patients.

Tous les matins, elle remplit leurs piluliers, échange avec eux, se tient à leur disposition.

— J'ai eu peur de venir ici, dit l'un d'eux en restant près de la porte. On tire à balles réelles dans les rues.

Ils rôdent autour de la table, presque comme s'ils se tenaient à distance des images reproduites, de cet homme en costume sobre dont ils connaissent tous le visage sans l'avoir jamais rencontré. Cet homme et son pupitre reproduits des dizaines de fois. Cet homme qui surplombe le cercueil dont ils ne voient soit qu'un morceau, soit la moitié, ce sarcophage couvert d'un énorme drapeau tricolore. Le drapeau luxueux, au tombé impeccable, le mort dans sa boîte, le Président : trois éléments dont la constellation est représentée chaque fois sous un angle légèrement différent. Tous ces journaux semblent ressasser le sens de ce discours, de ce corps mort sous le bois des planches et sous le linceul bleu, blanc, rouge, de ce visage tellement notoire que Marie se demande si elle n'en connaît pas mieux les plis et replis que les rides qu'elle aperçoit sur son propre front dans la glace.

— Oui, moi aussi j'ai peur. Qui dit qu'on tirera pas ici ? enchaîne une autre patiente d'environ cinquante ans dont les racines grises contrastent avec la teinture rouge faite lors de son dernier épisode maniaque, trois mois plus tôt.

— Moi, moi, je vous le dis, Sandrine ! Prenez un journal, s'il vous plaît, et trouvez un article à présenter.

— Pour moi, cet homme est un héros.

— Pour moi aussi, il est mort pour la France.

— Les soldats sont dehors pour nous tuer, dit Li Xing, une petite femme chinoise de soixante ans qui habite avec son frère près de la place d'Italie, dans une des tours.

Elle a essayé de tuer un agent de sûreté de la RATP avec une lime à ongles. Marie s'attendait à une réaction difficile de sa part et elle fait un signe de tête à Juliette, l'ergothérapeute qui coanime l'atelier.

— Non, Li, ils sont là pour vous protéger.

— N'importe quoi. Nous protéger avec des fusils d'assaut.

— Pour pouvoir réagir en cas de menace.

— J'ai peur. J'ai peur, j'ai peur, j'ai peur. Ils sont là pour me tuer. Ils vont venir ici pour nous tuer.

— Mais pourquoi ils feraient ça ?

— Il y en a de plus en plus. Je le vois tous les jours. Il y en a un qui monte tout seul dans le métro et dix qui sortent à la station suivante. Je l'ai vu. Je l'ai vu plus d'une fois. Il faut les arrêter.

— Les arrêter. Les arrêter comment ? demande Sandrine avant que Marie et Juliette ne puissent intervenir.

Le visage de Li Xing se ferme. Marie voit la folie affleurer dans son regard ; une folie qui peut se transmuer en gestes concrets, en jaillissement d'une lame prête à pénétrer un corps. Li Xing esquisse un sourire et répond d'une voix claire et ferme, comme si la question était parfaitement idiote :

— Avec des kalachnikovs.

Une fois les hésitations initiales dépassées, les patients ont chacun pris un journal. Marie circule entre eux en les aidant à déchiffrer des mots qu'ils ne connaissent pas ou plus, des mots qui s'entremêlent sous leur regard, et répond à leurs questions. Certains n'ont pas terminé de lire un seul article à la fin de la demi-heure prévue. Sandrine a pris un surligneur rose et encercle des mots de façon apparemment arbitraire, puis marque d'un trait une phrase qui lui saute aux yeux au milieu du discours présidentiel transcrit et mis en exergue sur la première page.

— Qu'est-ce que tu as surligné ? lui demande Juliette.

— Une phrase.

— Laquelle ? Tu peux nous la lire ?

Sandrine regarde autour d'elle en ricanant, puis se redresse en se raclant la gorge :

— « Au nom d'une cause folle et d'un dieu trahi. »

— Et pourquoi tu as choisi cette phrase ? Comment tu la comprends ?

— Je sais pas. (Sandrine hésite, son regard oscille entre les visages des autres et le journal sur ses genoux.) Comme ça. Au pif. (Elle hésite encore, puis ajoute.) À cause de la cause folle. La folie, c'est soi-disant la cause de tout. C'est moi la soi-disant folle. (Elle hésite toujours.) Après, le dieu, je sais pas. J'ai souligné ça comme ça. Tu sais toi, Marie ?

— Non, je sais pas. Quelqu'un d'autre veut répondre ? Non ? Quelqu'un veut présenter un article qui lui a plu ?

— Moi je veux bien.

Un jeune homme lève la main. Il vient depuis deux semaines seulement. Ses membres longs et maigres recroquevillés, il semble vouloir s'enfoncer dans son sweat à capuche et son jogging.

— Très bien, qu'est-ce que tu as choisi, Lucien ?

— Attendez. C'est ça.

Il se déplie en ouvrant le journal. Les quelques mèches grasses qui dépassent de sa capuche lui collent au front, un duvet blond inégal couvre ses joues creuses et sa lèvre supérieure. Il feuillette les pages en mouillant l'index de sa main gauche. Ses ongles sont rongés jusqu'aux cuticules. Il feuillette dans un sens, puis dans l'autre.

— Tu as besoin d'aide ?

— Non. Non. Ah, voilà.

Il replie le journal, le montre aux autres patients, à Juliette et à Marie.

— Qu'est-ce que c'est ? lui demande-t-elle.

— C'est une photo, je veux vous montrer une photo.

« 20 ANS APRÈS : RETOUR AU VILLAGE SERBE OÙ UN PAYSAN A DESCENDU UN AVION BOMBARDIER FURTIF D'UN COUP DE FUSIL »

L'article est accompagné de deux photos. L'une montre, vêtu d'un costume avachi, un homme d'une cinquantaine d'années avec un fusil de chasse entre les mains devant un bâtiment gris et vaguement officiel. Sur la seconde photo, entourée par Lucien, le même homme, beaucoup plus jeune, se tient debout sur l'épave d'un avion de guerre noir et anguleux, avec le même fusil qu'il brandit vers le ciel. Cette fois, il semble être au milieu d'une espèce de fête de village : des femmes en jupes longues, des bouteilles d'eau-de-vie sans étiquette à la main, d'autres hommes aux traits burinés riant à gorge déployée, des enfants sautant du cockpit de l'avion abattu sur la largeur de l'aile restée intacte. Marie est frappée par le décalage entre la joie populaire qui émane des personnes représentées et l'immense machine qui repose, opaque et luisante à leurs pieds.

Les autres patients ne disent rien.

— Pourquoi tu nous montres ça, Lucien ?

— Parce que je trouve ça marrant.

Le lendemain, au bureau, Julien essaie de raconter à Pierre sa soirée avec Gabriel et Manon.

— Connard de gaucho, lui dit son collègue.

Julien ne peut pas s'empêcher d'être d'accord.

La pointe la plus acérée, pense-t-il.

Malgré lui, il trouve ça joli. Penché sur l'écran de son ordinateur, il cherche la phrase sur Internet. Il tombe sur un poème en prose de Baudelaire, dont le premier paragraphe se termine par « et il n'est pas de pointe plus acérée que celle de l'Infini ». Il recopie la phrase sur un Post-it, hésite, puis barre « l'Infini » pour le remplacer par « la Puissance ». *Puissance infinie*, pense-t-il. Content de lui-même, il le colle sur le bord de son écran.

Pierre, assis en face de lui, avale la dernière bouchée d'un sandwich triangulaire, acheté à la va-vite dans une supérette de l'avenue de Clichy. Julien l'observe sortir un stylo de sa poche et retourner l'emballage en plastique transparent pour en lire l'étiquette, puis noter deux chiffres sur la peau de son poignet.

— Qu'est-ce que tu fais ?

— J'aime pas bouffer de la merde, comme ça. Du coup, je note les calories et les protéines pour équilibrer un minimum, après.

Julien ne voit que les phalanges couvertes de croûtes de son collègue.

Son téléphone fixe se met à sonner. Julien décroche ; il écoute en hochant la tête, signe invisible et inaudible pour celui qui parle, il s'en rend compte et commence à dire « oui » et « je comprends », éveillant ainsi l'intérêt de son partenaire.

— La secrétaire s'est suicidée, dit Julien après avoir raccroché.

— Quelle secrétaire ?

— Celle de Clichy-sous-Bois, celle de la photo.

— Putain, c'est atroce.

— Ce matin. Elle s'est pendue dans son bureau.

Quatre nuits de perquisitions se sont écoulées. Des livres. Des écrits, des vidéos et des photographies. Des historiques de recherche, des comptes sur les réseaux sociaux, des prélèvements d'ADN et des empreintes digitales. Des mots de passe, des journaux intimes, des couteaux, des vêtements, du cannabis, de l'alcool, des tracts politiques, religieux et politico-religieux. Le visage désorienté du jeune homme aux chiens, détenu dans une des cellules anonymes au sous-sol du palais de justice. Des prospectus, énormément de prospectus des hypermarchés les plus proches. Les visages de trois femmes noires, marqués des cicatrices qu'un couteau rituel a tracées il y a longtemps. Les affaires de la vie quotidienne, des vêtements d'enfants, de la nourriture périmée, ou encore mangeable, dans des réfrigérateurs sales ou propres. Des femmes désemparées, tétanisées au moment de l'irruption policière dans leur cellule familiale. Une poignée de chiens effrayés dans l'appartement d'un jeune livreur célibataire. Les personnes arrêtées mises en garde à vue pendant deux jours. La paroi de la cellule éclatée par une violence à la fois spontanée et méthodique. Quinze seuils. Quinze trajets en fourgon de police. Quinze gardes à vue.

Chaque feuille, chaque rameau, chaque racine est tout le jardin.

— Putain, pourquoi elle a fait ça ? demande Pierre.

— À ton avis ?

Julien sort son téléphone portable de sa poche, il se souvient soudain de cet appel qu'il a choisi d'ignorer plus tôt dans la matinée. Sur son répondeur, il écoute les paroles déchiquetées, insensées. Frêle papillon à une seule aile. En voletant il dévoile sa face. Julien se souvient du visage de la secrétaire, ravagé par l'horreur, dont chaque trait semblait l'implorer. Dans cette cuisine où Pierre et lui sont allés l'interroger, assis autour de la table, son mari debout derrière elle. La silhouette entière de la secrétaire semblait frémir sous le coup de la peur, et il se souvient encore de ses paroles déchiquetées, qu'il entend de nouveau, ces fragments de mots qu'elle a enregistrés sur sa messagerie.

Tassé derrière son écran, Pierre observe Julien écouter le message, voit son visage devenir livide.

— Te laisse pas emmerder, Julien, ça sert à rien, dit-il.

Deux heures plus tard, ils sont dans une salle d'interrogatoire au sous-sol du Palais, avec le coursier. Sur la table en inox luit l'ordinateur du suspect. Il pense à ses chiens, paniqués, derrière la porte du salon, leurs babines, leur bave écumeuse sur leurs canines. Flanqué de deux agents cagoulés, il s'est débattu, a tenté de revenir en arrière pour rejoindre ses pitbulls qui se sont mis à geindre au moment où il a franchi le seuil de l'appartement. Une fois sorti, il s'est affaissé. Julien l'a vu, en bas, devant l'immeuble. Abattu. On trouve des centaines de photos de ses chiens sur l'ordinateur, Julien les a vues, de leur plus jeune âge jusqu'à tout récemment. Des photos, gages optiques de l'amour qu'il leur porte.

— Ils sont sages, mes chiens.

Julien s'aperçoit que l'homme a des lettres tatouées dans le cou ; elles sont partiellement cachées par l'encolure de son tee-shirt. Il arrive à déchiffrer un « H » et un « E ».

— Qu'est-ce que tu as écrit là ? demande Pierre. « HELL » ? Tu as peur d'aller en enfer ? Ou tu crois que tu vas mettre le feu ? Tu veux mettre le feu ?

— Non.

— Quoi, non ? Tu veux pas mettre le feu ?

— Non, c'est pas « HELL ».

— Qu'est-ce que c'est alors ? « HELP » ? Tu veux qu'on appelle ta maman ?

En haut, dans un coin, clignote le petit voyant rouge d'une caméra de surveillance. Le jeune homme, jeté dans un siècle semblable au précédent, celui où avaient été jetés son père et son grand-père qui avaient connu des salles semblables, se tourne vers l'objectif. Son père, son grand-père. Un bureau en bois, cette fois-ci, l'air poussiéreux et humide, la lumière du soleil est bloquée par les stores, mais la chaleur irradie dans la salle. En face de lui, un homme lui pose des questions auxquelles il ne veut pas répondre. L'homme place une batterie de voiture sur le bureau, y relie deux fils qu'il attache aux mains de son suspect. L'électricité parcourt le corps, les muscles se contractent, la douleur traverse les nerfs. La bouche s'ouvre et parle, avoue n'importe quoi, pour faire tarir le courant. La pointe de la douleur lui transperce l'esprit. Une pointe dont le fils ou le petit-fils sent, là, à la périphérie de son champ de vision, le titillement. Il regarde la caméra braquée sur lui et tire le col vers le bas.

— C'est la « HESS ».

— Je parle pas allemand. Tu sais ce que ça veut dire, Julien ?

— Non, aucune idée.

Pierre se tourne de nouveau vers le suspect.

— Qu'est-ce que ça veut dire ?

Le suspect pose sa main sur son cou.

— Qu'est-ce que vous avez fait à mes chiens ?

Souvent, Julien a l'impression, même s'il ne le dirait pas comme ça, pas avec ces mots-là, que les gens portent un vide au sein de leur être. Le moment venu, toute leur agressivité tenace peut disparaître pour céder la place à un regard flou et peureux. Le vide, en somme, se manifeste. Dans leur travail, quand Julien et Pierre arrivent à un point focal, un point qui leur permet de faire un pas décisif, il faut viser exactement cela.

Julien pense que son propre vide l'entoure. Alors que celui qui se tient en face de lui semble retranché derrière cette drôle d'absence : le regard flou, le vide émergent, ne trouvent pas d'accroche dans ses yeux pâles.

Pierre se tourne vers Julien.

— Montre-lui.

Julien glisse son doigt sur le pavé tactile de l'ordinateur et tourne l'écran vers le suspect. En silence, ils y voient des corps disposés, liés, accrochés, dans une immobilité extrême. Des femmes ligotées suspendues par une jambe à un plafond en béton brut, ou par une corde nouée autour des poignets. Des femmes aux cheveux noirs dans le vide clinique d'un hangar. Pierre appuie sur la touche pour arrêter la vidéo.

— C'est dégueulasse.

— Non, répond le suspect, non.

— Ça, plus les pitbulls. Il faudrait voir s'il n'y a pas quelques plaintes pour viol qui traînent dans le quartier.

Julien lance une autre vidéo.

Ils voient une femme, debout, les genoux et pieds liés, les mains nouées dans le dos par une corde attachée au plafond, quelque part hors cadre ; lentement, elle est tirée vers le haut, les articulations de ses épaules craquent, son corps se courbe, elle se met sur la pointe des pieds.

— Est-ce que c'est une scène de torture ? demande Julien calmement.

— Non. C'est du *shibari*. C'est beau à regarder, c'est tout.

— Tu as entendu ça, Julien ? C'est beau. Tu trouves ça beau, toi ?

— Non. Pas du tout. Ce film a été tourné où ? En Irak ?

— Quoi ? En Irak ?

— Je te jure, sur la fin, on entend un muezzin crier, dit Pierre. Tu l'as pas entendu, Julien ?

Le vide jaillit. Pas d'accroche. Le regard gris de Julien, une surface lisse et étanche.

— Si, si, j'ai entendu quelque chose.

— Tu sais ce qu'il crie, le muezzin ? demande Pierre en se penchant en avant. Tu sais ce qu'il annonce de son minaret, à côté du hangar ? Tu le sais ?

— Non.

Le vide se tient dans l'air.

— Il dit que tu es dans la merde, mon pote.

Se tient et se disperse.

III

Le temps semble s'écouler autrement.

Du moins, c'est l'impression du garçon assis sur le canapé, la cheville droite dans le plâtre. Il est resté muet tout au long de son audition par Julien et Pierre dans leur bureau provisoire du commissariat du XIe. Après le calvaire de l'hôpital. Des regards pâles, inquiets, inquisiteurs ; et son silence obtus. Son visage, son corps entier sans expression. La photo persiste dans son esprit, un phosphène dans le noir.

« Comme lobotomisé », a dit plus tard Pierre à Julien, accoudé sur le cadre de la fenêtre ouverte, une cigarette entre les lèvres. Julien a hoché la tête.

Les médecins ont tout essayé pour rassembler les morceaux d'os et en refaire une articulation. Cinq heures d'opération. Le garçon a pleuré en silence dans la voiture, sur la route du retour. Maintenant, il est assis sur le canapé, son pied posé sur un carton récupéré au Leader Price près de la station de RER. Depuis cinq jours, il n'a pas quitté le salon. Il y dort, le pied pendouillant du bord du canapé, les yeux à moitié ouverts.

Le temps ne s'écoule pas comme il devrait.

Lors de la deuxième nuit après son hospitalisation, tout le quartier a été quadrillé. Des policiers partout. Des rues fermées à la circulation. Des escadrons cagoulés qui entrent silencieusement dans les immeubles. Des anges sombres sont passés par là ; suivis, à l'aube, par d'autres, plus clairs : les combinaisons blanches plastifiées bruissent à chaque pas, les pans des manteaux battent dans le vent. Le visage nu face au ciel matinal, ils sont venus pour comprendre ce qui s'est passé. Si le garçon avait été dans le hall d'un de ces immeubles, il aurait reconnu au moins deux d'entre eux.

Sa mère n'a pas pu rentrer du travail à cause de cette espèce de couvre-feu qui bloquait presque toute la partie nord de la ligne du RER. Le garçon a laissé son téléphone sonner dans le vide. C'est sa sœur de trois ans qui a répondu au quatrième appel. Pour la première fois de sa vie elle a saisi un téléphone, celui que son grand frère laissait vibrer sans ciller sur le canapé. Elle a glissé son doigt sur l'écran, comme elle l'a déjà vu faire des centaines de fois, et elle a dit :

— Allô, c'est qui ?

Avant de raccrocher par accident. Son grand frère a continué à regarder, sans le son, le discours du président à la télévision. Derrière l'épaule droite de celui-ci se tenait le ministre, toujours avec sa ride du lion profonde et son regard colérique, même à cet instant, pendant un moment de deuil cérémoniel. Dans la vaste cour pavée, la caméra est passée sur un cercueil couvert du drapeau tricolore. Grave, le président mouvait sa bouche, mimait des mots qui ne sortaient pas, les images étaient accompagnées par la basse qui montait de l'appartement du dessous. La petite fille avait vaguement l'impression que les mouvements de lèvres du président suivaient le rythme du morceau de rap écouté par leur voisin. Le téléphone s'est remis à sonner.

La peur la garde éveillée.

L'aube transperce les stores devant la fenêtre. Ses paupières restent fermées. La secrétaire frémit dans son lit. Elle pense à la rencontre avec le commissaire de police, il y a trois jours. À leur échange, à son impatience. Elle frémit. La peur la tient, elle gaine son corps sous la couette. Son mari a veillé sur une chaise à côté du lit. En ouvrant les yeux, elle constate qu'il s'est assoupi. Son visage lui semble livide sous la lumière anthracite. Le jour naît, la nuit meurt. Mais la peur garde la secrétaire éveillée depuis soixante-douze heures. Son époux a bien essayé, lui aussi, de l'interroger.

— Tu peux pas me décrire ce que tu as vu ?

Pas de réponse.

— Tu as entendu ma question, ma chérie ?

— Non.

— Non, tu peux pas me décrire ce que tu as vu, ou non, tu as pas entendu ma question ?

— Non.

Trois jours entiers.

Son mari est pétri d'inquiétude. À l'hôpital, on a prescrit des calmants à son épouse qu'il lui met dans la bouche, et qu'elle avale docilement sans que la peur disparaisse. Elle perd seulement en netteté. Comme si on refermait la porte sur un incendie pour ne pas voir les étages du dessous ravagés.

— Non quoi, mon amour ? Tu veux encore un cachet ?

Pas de réponse.

Le commissaire, impatient, confus. Effrayé. L'incendie ne disparaît pas en refermant une porte. On sent toujours sa chaleur.

Son mari se lève.

— Je vais faire du café, j'arrive plus à dormir de toute façon.

Son visage livide, des rides tracées au crayon.

Le commissaire, les cheveux couleur cendre, les yeux pâles, son impatience. Le commissaire dit :

— Je sais.

puis

— Je sais pas.

La fumée de l'incendie ne disparaît pas, elle s'accumule devant la porte et entre par les interstices. Puis l'effet du médicament s'estompe, la porte s'entrebâille et la secrétaire prend conscience qu'en bas, c'est une centrale nucléaire qui brûle.

— Prends les cachets, mon amour. S'il te plaît.

Elle ouvre à peine la bouche. La porte se referme, lentement. Mais elle a vu le réacteur en flammes. Elle a vu la lumière aveuglante. Il fait plus chaud qu'avant et l'air est de plus en plus irrespirable.

Son mari demande :

— Tu peux décrire ce que tu as vu ?

et

— Tu veux de l'eau avec ?

Les cachets se dissolvent dans sa bouche sans qu'elle les avale. Ils ont un goût de cendre.

Son mari encore :

— Non, quoi ? Quoi, non ? Non ? Ça veut dire quoi « non » ? et il pleure.

La fumée s'immisce par les interstices. Elle traverse les murs. La chaleur lui rentre par la peau.

Son mari dit :

— Je vais aller faire du café, puis il se lève de sa chaise.

La secrétaire repousse la couette. La chaleur vient d'en bas. La radio dans la cuisine est allumée. Elle entend le sifflement de l'eau qui monte dans la cafetière italienne. La chaleur vient d'en bas. Une fois rouverte, la porte ne se referme jamais complètement. Elle se lève du lit. Elle n'a pas changé de vêtements depuis soixante-douze heures. Frêle papillon au-dessus d'une centrale nucléaire en feu.

Elle marche sur la pointe des pieds, saisit son sac posé au pied du lit, ouvre la porte en actionnant doucement la poignée. Elle est pieds nus. Quelqu'un dans l'immeuble fait revenir des oignons. Elle pense : *Ça brûle*. Et laisse la porte ouverte.

Le bureau n'est pas loin. Son mari est en train de verser du café dans une tasse. Puis il hésite et en verse un fond dans une seconde, au cas où. Il aime bien la chanson qui passe à la radio. Durant quelques dizaines de secondes, il se permet de ne pas penser à sa femme.

« Non, tu veux pas ou non, tu peux pas me décrire ? »

Elle n'a pas compris la question.

Son mari s'est assis pour boire une ou deux gorgées en écoutant la chanson.

Le commissaire a dit : « Je ne sais pas. »

Elle n'a pas compris comment il pouvait ne pas savoir. Le commissaire a dit : « Je sais. »

Et elle n'a pas compris comment il pouvait savoir.

Deux pierres ; deux yeux gris faits de confusion et d'impatience.

Le goudron est froid sous la plante de ses pieds. Elle est presque arrivée à l'agence Pôle Emploi.

Son mari demande :

— Tu veux un peu de café, mon amour ?

Et il boit encore une gorgée. Ses paupières, plombées de fatigue, se ferment. Il s'endort, la tasse chaude entre les mains.

Le sceau sur l'embrasure se déchire lorsqu'elle pousse la porte. Elle monte à l'étage dans la pénombre ; la seule lumière est celle du matin qui pénètre par les stores hâtivement fermés. Contrairement aux hommes-scaphandres qui se sont frayé un chemin ici en tâtonnant, elle ne ferme pas les yeux. Seule dans le couloir de ce bâtiment qui n'est miraculeusement pas fermé à clé, elle compte les portes sur sa gauche pour retrouver son bureau. Papillon voletant, se retournant sur lui-même. Elle sent la peur palpiter dans sa poitrine ; si elle ouvrait la bouche, la peur sortirait, et elle pourrait l'attraper. Vive, battante, elle la tiendrait dans le creux de sa main.

Dans l'appartement, son mari l'appelle doucement, une tasse avec un fond de café tiède à la main. Elle entre dans son bureau. Elle y voit les piles de dossiers, l'ordinateur. Le commissaire aux yeux gris. Ses cheveux couleur cendre. Il lui dit : « Je ne sais pas » et lui tend un petit carré de papier Julien PRÉCIEUX et son numéro de portable.

« Appelez-moi, si jamais vous vous rappelez quelque chose. »

Elle sort le Post-it de son sac et le pose sur le bureau. Elle garde l'anse de son sac dans la main gauche tout en composant le numéro de la main droite.

La professeure d'anglais s'étonne du silence de sa classe. Depuis dix minutes, elle parle toute seule. Au début, elle a essayé de se taire à son tour, d'opposer son propre mutisme à ce front inerte, une main autoritaire sur la hanche, en tapant du pied. Ensuite elle a cédé, elle a noté elle-même, en la disant haut et fort, la date sur le tableau.

Elle ouvre le manuel et demande :

— *Do you know what your homework was ?*

Elle attend une bonne minute, en observant les rangées de visages, vingt-quatre au total, vingt-quatre bouches fermées. Puis dit :

— Mais qu'est-ce que vous fabriquez ?

Le second garçon de la rue du Faubourg-Saint-Antoine la regarde attentivement. Pourtant, il reste indifférent au cours. À cette dame. Pour lui, le problème est tout autre. Quelque chose en lui veut retourner à cet instant précis où la main de son ami s'est tendue vers la photo. Pour empêcher que ce qui se produit quelque part dans le XIe arrondissement de la ville de Paris soit renvoyé au passé, ce passé qui se love au fond du puits d'où il regarde sa professeure, de plus en plus ébahie. C'est lui, le second garçon qui n'a pas pu empêcher l'autre de tomber et de retourner la photographie sur le trottoir qui est à l'origine de ce silence généralisé.

Après l'incident, ses parents lui ont permis de rester à la maison pendant deux jours. Son grand frère l'a emmené avec lui à l'entraînement de foot. Il a vu les joueurs courir sur le terrain, les ballons voler, il a entendu les cris de joie et de frustration, les rires, les ordres donnés par l'entraîneur en survêt noir. Chez lui, quand il n'est pas allongé sur son lit, il regarde par la fenêtre passer les nuages. Il voit deux hommes portant des vestes jaune fluo grimper sur le toit du HLM d'en face. Derrière eux, le soleil se couche : le ciel ultramarin déchiré par des lumières d'un rouge violent s'abîme en accéléré dans le bleu encre de la nuit naissante. Les deux hommes continuent leur travail, ouvrent un couvercle en métal, l'un d'eux sort un outil que le garçon ne parvient pas à identifier. Leurs gestes luisent dans le noir ; ils semblent inscrire un sens caché dans l'air autour d'eux.

Il les voit, sans vraiment les regarder, mais sans cesser de fixer ce qu'il a en face de lui.

— Mais qu'est-ce qui vous arrive, les enfants ? demande une nouvelle fois la professeure.

Le garçon se lève de sa chaise et se dirige vers la porte.

— Où vas-tu ?

Il a regardé les deux hommes sans comprendre ce qu'ils faisaient, puis il est retourné dans sa chambre. Son frère était en train de faire ses devoirs, allongé sur le sol du salon, le ballon de foot sous le menton.

Les autres élèves se lèvent, le suivent un à un. Ils disent :

— Venez avec nous, comme ça vous serez préparée, comme nous.

Ils se sont étendus sur le goudron de la grande cour. Tous les élèves du collège. Sur le dos, sur le ventre, sur le côté. Les membres tordus, les paupières fermées. Le soleil se cache derrière les nuages. Il fait frais. La professeure d'anglais s'est arrêtée net ; elle observe les enfants entassés, le mouvement presque imperceptible de leurs respirations quasi synchrones. Le second garçon gît au milieu de la cour ; ses yeux fixent le ciel, les nuages fibreux qui se répandent.

Le temps s'accumule et l'air épaissit. Le temps ne s'écoule pas comme il devrait.

IV

« PANNE 1 000 MÈTRES »

Des colonnes luisantes de toits de voitures longent le mur antibruit qui sépare le boulevard périphérique de Paris. Julien et Pierre sont en route pour la prison de Cergy-Pontoise. Le soleil brille. Cette fois-ci, c'est Pierre qui conduit. Devant eux, les masses d'acier peint, véhiculant des réservoirs pleins de liquide combustible, un feu maîtrisé brûlant sous chaque capot. Le soleil brille et chauffe les habitacles multicolores. L'air conditionné rafraîchit chacun des passagers, identifiable grâce au petit appareil dans sa poche ou sur ses genoux, où certains tuent le temps en faisant défiler un interminable ruban d'images. Julien croit se souvenir que le coloris de voiture le plus populaire est le rouge. Tout est monotone néanmoins, les couleurs avalées par l'inertie du bouchon, l'attente grise déteignant peut-être du mur, du bruit des moteurs ou des fumées s'échappant de chaque pot. Au milieu du ciel dégagé au-dessus d'une ville couleur zinc s'impose devant Julien et Pierre ce panneau de signalisation qui indique depuis vingt minutes « PANNE 1 000 MÈTRES ».

À une trentaine de mètres, des tentes Quechua s'accrochent au talus. L'herbe est morte, écrasée sous les pas de ceux qui se blottissent entre la terre et le béton. Des silhouettes sombres à la lisière de la cité. Certaines sont allongées, d'autres assises contre la glissière de sécurité.

Les pixels du panneau s'éteignent, puis se rallument.

« PANNE 500 MÈTRES »

— Ils se foutent de ma gueule ? dit Pierre.

Des silhouettes souillées par la terre du talus éventré, la boue étalée sur leur campement. Une tache marron devant la grisaille de l'embouteillage. Une tache grouillante, maculant les objets comme les humains. L'une d'elles se lève et s'approche de la chaussée. Vêtu de sacs-poubelle, l'homme tient une bouteille dans chaque main : une de vin et une de jus Innocent vide. Il verse le vin dans la bouteille en plastique. Il semble reculer de deux pas, comme un athlète aux jeux Olympiques, avant de balancer de toutes ses forces la bouteille en verre sur les voitures. Elle éclate sur l'asphalte, les automobilistes autour klaxonnent ; derrière leurs carreaux, ils hurlent des insultes muettes. L'homme rit à gorge déployée. Sans savoir d'où lui vient cette image, Julien se représente le même homme avec d'autres déchus sur un bateau gonflable. Des secondes, des heures vides. Du temps mort se glisse dans le ronflement incessant du moteur.

L'homme est bercé par ce bruit, par le va-et-vient des vagues, par le froid de l'air maritime. Il respire et ferme les yeux. C'est l'aube. Entre nuit et jour, le gris de l'étendue d'eau se confond avec l'horizon mouvementé. Ils sont au milieu de la mer. L'arrêt soudain du moteur le réveille. Il est frigorifié. Ils ne sont arrivés nulle part et le bateau n'avance plus. L'homme essaie de se mettre debout ; vacillant, il s'agenouille. Il regarde autour de lui et rit à gorge déployée.

« PANNE 500 MÈTRES »

— Heureusement que ce n'était pas dans notre direction, dit Pierre. Je lui aurais mis la misère.

Quand la voiture arrive peu de temps après au niveau du campement, la puanteur la pénètre. Elle suinte à travers les joints des vitres. Une puanteur dure comme un mur s'installant en bloc autour d'eux. L'homme à la bouteille est assis sur la glissière, il se balance en buvant. Un visage encrassé, les traits effacés, les yeux presque sans couleur, l'homme jette un regard vers la voiture ; Julien détourne la tête.

— Qu'est-ce que tu faisais quand tu as reçu l'appel pour les photos ? demande-t-il en se tournant vers son partenaire.

Quand Pierre s'entraîne, il aime concentrer toute sa force dans un mouvement formidablement vide, réitéré, jusqu'au moment où la fatigue musculaire le vainc pour le ramener au temps linéaire du jour. Il a toujours aimé ça, avant même d'entrer dans l'armée. Avant même de changer de nom. Avant de se rebaptiser, il avait hésité, avait songé à d'autres options. Maxime. Alexandre. Mais Pierre, ça lui plaisait, c'était simple, commun. Solide. Et moi, je me dis qui je suis, et que sur ce roc je bâtirai ma vie.

« Comment tu t'appelles ? » lui avait demandé Julien le jour où ils s'étaient rencontrés, quai des Orfèvres, quelques mois avant l'histoire de la « grotte de Lascaux », alors qu'ils étaient encore deux simples officiers de la police.

« Appelle-moi Pierre.

— Pierre ?

— Oui, Pierre. »

Il a toujours aimé s'entraîner. Avant même d'intégrer la police. Dans la cour de la caserne de la Légion étrangère, quelque part dans le monde, dans un pays dont il était parfaitement coupé, isolé dans un complexe hypermoderne, un îlot de destruction potentielle presque entièrement déshumanisé. Au milieu d'une ville poussiéreuse dont il avait oublié le nom, un camarade l'avait interpellé. Ils étaient essoufflés, ils avaient rampé dans le sable. Assis dans le McDonald's, le cœur de la base où ils allaient tous les jours, l'autre, un blond aux mauvaises dents du Nord-Pas-de-Calais, lui avait demandé :

« D'où tu viens ?

— Neuilly-sur-Marne, pourquoi ? »

Pierre avait laissé tomber son burger à moitié mangé, il s'était levé de sa chaise et avait cassé les dents de ce dégénéré.

Il aime concentrer sa force dans un geste isolé, son corps sous tension inscrivant une courbe ou une ligne parfaites dans l'espace. Il fait des squats sur une jambe, l'autre tendue, droite comme une flèche. Un mouvement tout en lenteur. Parfaitement maîtrisé. Il tend et fléchit sa jambe d'appui, jusqu'à l'épuisement. Il aime la sensation à la fois douloureuse et engourdie du muscle qui travaille. Dans la pénombre matinale de son studio, sur le sol, un matelas deux places. Les draps blancs sont jaunis par son corps. Ça fait des mois qu'il ne les a pas changés. Le plafond est très haut, au moins trois mètres. Au milieu de la pièce, montée sur le mur, une barre de traction. Des deux bras, il se suspend dans l'air. Nu, comme les murs qui l'environnent. Il sent les gouttes de sueur couler dans son dos. Les bras parfaitement droits, il flotte sous le plafond haut de son studio. La douleur commence à augmenter, il sent ses muscles brûler et au moment où la douleur bascule vers l'insupportable, il se tire vers le haut, au-dessus de la barre. Lentement, il redescend. Les bras en extension, il flotte et les secondes s'engouffrent dans la douleur rythmée par les battements de son cœur. Il sent la façon dont ses muscles s'étirent, dont ils fléchissent sous la force qu'il applique pour maintenir un point de concentration autour duquel il plie tout son être.

Quand il a reçu l'appel ce samedi matin, l'appel qui lui annonçait qu'une photo avait été trouvée dans le XIe arrondissement de la capitale, il avait fini son entraînement. Il était en train de lire un recueil de poésie, écrit dans la langue du pays de naissance de ses parents, un pays brisé, aux contours vagues et fluides, déchiqueté par des lignes droites tirées sur une carte, un jour d'armistice. Un pays mythique qui n'existe plus qu'à travers cette langue et quelques bataillons de combattants mal équipés, mais tenaces. Ce pays, cette langue, reniés par ce prénom choisi, imposé, coûte que coûte, à lui-même comme à autrui, ce prénom qui reste en réalité en travers de son existence – *Pierre*.

Il était allongé sur le carrelage de la cuisine. Pierre aime la sensation du froid contre sa peau nue et ses muscles endoloris. Il tenait le recueil au-dessus de ses yeux et déchiffrait les vers à la lumière grise du matin. Il remuait les lèvres en parcourant les pages. Ce livre qu'il porte dans sa veste Alpha Industries, serré contre son corps par la ceinture de sécurité, dans la même poche que son passeport immaculé. Ce livre qu'il ne lirait ni même qu'il ne sortirait jamais devant Julien.

— Je m'en rappelle pas.

Pierre fixe la voiture devant lui en respirant par la bouche. Le bouchon commence lentement à se désagréger, il accélère, mais la puanteur du campement qu'ils laissent derrière eux persiste. Bouffer, peut-être.

— Ah si, j'étais en train de bouffer mes flocons d'avoine.

Les mots, les images, le soleil captivé par les syllabes, les vers, lumière et désert, air et montagne. Et douleur. Perte. Mélancolie. Les mots, écrits d'un trait ondulant, défilaient sous ses yeux : « Nous sommes les pièces du jeu que joue le Ciel. » Le téléphone s'est mis à sonner. Il a corné la page et il s'est levé pour répondre.

— Je vais tout vous dire, annonça le coursier.

La veille, dans la salle d'interrogatoire, Julien s'est aperçu de l'odeur âcre émanant du suspect.

Les chiens ? Non, l'angoisse, a-t-il pensé. Son visage est resté impassible, tandis que le regard de l'autre s'agitait, se heurtait à tout ce qui l'entourait comme un insecte aux parois d'un bocal.

Pierre, penché sur la table en inox :

— Je n'en doute pas une seconde.

« Je vais tout vous dire. » Personne n'aura donné plus de vérité à cette sentence que le technicien informatique, plus tard, dans leur bureau, qui leur a dit ce que les enquêteurs avaient besoin d'entendre, ce qu'il fallait trouver, ce qu'il fallait nommer pour pouvoir continuer. Le brouillon de mail. Supprimé, mais récupéré. Récupéré et imprimé. Sous leurs yeux. SDMJ. Le sigle à chaque ligne.

À ce moment-là, le coursier a été ramené dans la cellule de garde à vue. Il y est resté encore toute la nuit, nu dans la puanteur. On lui a pris ses vêtements. Seul le froid distingue ce lieu d'un autre, situé ailleurs, dans l'espace comme dans le temps, mais tout aussi insalubre.

— On va lui laisser la laisse longue, a dit Pierre en sortant de la salle d'interrogatoire.

— Il n'est pas exactement coupable, a répondu Julien.

— Il n'est pas exactement innocent non plus. C'est pour ça qu'on doit le laisser sortir, mais sans le lâcher. On saura toujours où il est, on aura pas de mal à le retrouver.

L'homme aux chiens est rentré et avant même de se laver, de manger, d'expérimenter l'après-coup, il a ouvert le petit clapet sur le côté de sa baignoire pour en sortir un vieux Nokia 3310. Assommé, il a vu sa main trembler, avant de composer avec difficulté un court message. Recroquevillé sur le sol de sa salle de bains, le vide de son appartement l'a happé, le blanc des murs s'ouvrant sur lui, le bracelet électronique serrant sa cheville. Dans la pénombre de la pièce, le silence des bêtes absentes retentissait comme un petit cylindre en cuivre qui tombe sur le goudron.

À peu près au même moment, Julien et Pierre sont sortis du bureau du procureur de la ville de Paris. Sur ordre de la Nébuleuse, d'un mail crypté qui s'est auto-supprimé en l'espace d'une dizaine de secondes. On leur a expliqué la découverte ; donné l'ordre de se rendre à la prison.

Pierre roule. Le trafic est de nouveau presque fluide et la puanteur du campement s'estompe doucement. Une colère froide se concentre dans son ventre. Le brouillon, tapé en Times New Roman, taille 12 dans l'ordinateur du suspect.

> Et à la fin, il y aura toujours les flics morts. Ça aura toujours été. SDMJ. J'arrête plus de l'écouter. SDMJ, écrit sur le mur de sa cellule. SDMJ. SDMJ. SDMJ. SDMJ, écrit avec le sang de ses ennemis.

SDMJ. Le sigle revient à chaque ligne du brouillon de mail. « Seul Dieu me jugera. » Pierre et Julien le connaissent très bien. Tout le monde dans la police sait à quels « flics morts » fait référence le suspect dans ce courriel jamais envoyé, supprimé, et récupéré de façon inespérée. Initialement, ce sigle, nom donné au morceau joué en boucle durant le meurtre de ces policiers, n'a pas été dévoilé par les autorités. Mais la signature est là. Pas le nom. Le nom n'existe pas. Et la chanson ne figure pas non plus sur la playlist *avbvrn* que le ministre a écoutée quelques jours avant dans le café de la rue Keller et ensuite dans la salle de réunion du ministère. On ne peut donc pas exclure qu'il s'agisse de l'œuvre d'un épigone, voire d'un prédécesseur.

Pourtant tout y est : le style unique du fantôme derrière la multitude de publications associées à ce mot-clé cryptique : *avbvrn*. Le morceau en question porte le nom « *Die Welt ist krank*/Mort à la paix ». Il s'agit d'une collaboration multilingue, avec un rappeur allemand d'origine kurde, une chanson oscillant entre différentes langues, l'allemand, le français, plusieurs dialectes kurdes et croates, et le russe, et elle se termine sur le mot ou la syllabe *mir*, a cappella, comme un chant grégorien. Suivi de dix minutes de silence. Peu de gens ont écouté cette chanson mise en ligne sur des sites plus ou moins fréquentés, et moins encore ont eu la patience nécessaire d'aller au-delà de cette syllabe ondulante, et jusqu'au bout de ces dix minutes muettes. SDMJ est le nom officieux donné par la police à cette musique qui a précédé, accompagné et suivi la mort de deux policiers dans la chambre à coucher d'un appartement insalubre. Une *hidden track* où on entend pour la première fois un *sample* de cithare, repris d'un morceau hindou vieux de plusieurs siècles – comme l'enquête l'a démontré –, assorti de basses violentes et d'une voix s'étirant dans une de ces plaintes caractéristiques de l'œuvre plus tardive.

SDMJ, ce morceau caché, est le bourgeon qui éclot comme une fleur d'évidence.

SDMJ, c'est aussi ce qui est lisible sur les avant-bras de l'homme obèse qui tient entre ses jambes un fusil d'assaut, il est allongé sur un lit défait et tourné vers une porte encore fermée. À côté de lui, sur le matelas sans draps, un ordinateur portable. SDMJ, c'est le nom qu'il a donné au *Facebook live* qu'il transmet à l'aide d'une caméra GoPro fixée dans un coin de la pièce. SDMJ, écrit au feutre sur le tee-shirt taché qui couvre son torse difforme. « Je peindrai les murs avec le sang de mes ennemis », écrit-il dans le tchat en attendant, à un moment où seules deux personnes regardent le *stream*.

SDMJ. Leur parcours a mené Julien et Pierre à ce sigle. Ce sigle aux lignes lobées d'une empreinte digitale, à la couleur sublimement unique d'une rétine. À un corps formidable, lourd de 250 kilos, confiné à présent dans une cellule d'isolement de la prison de Cergy-Pontoise. « Je vais tout vous dire. Seul Dieu me jugera. » Un sigle, un nom pris dans les rets du réseau qu'ils ont établi, qu'ils ont déconstruit afin de le reconstruire autrement. Toute une identité se trouve rassemblée sur une simple carte plastifiée dont une photocopie figure dans la mallette posée sur le siège arrière. Une carte qui, malgré les faits qui y sont listés, semble étrangement vierge à Julien. Il observe Pierre, les croûtes fraîches sur ses phalanges, les veines sur le dos de ses mains. Il voit bien qu'il est tendu. Sa colère est un halo qui remplit l'habitacle. Julien a envie de lui demander : « Qu'est-ce qui va pas ? Qu'est-ce qui te pousse à être comme ça ? »

À travers le halo, il sent une déchirure, quelque chose de définitivement ouvert sur le monde d'où jaillit avec force ce qui marque tout le corps de son coéquipier, les veines sur son crâne rasé et ses avant-bras, les éraflures sur ses mains. Ses traits sévères et fins.

Julien hésite et puis dit :

— Je sais que tu es énervé, mais retiens-toi cette fois-ci. Je t'en prie. On s'en tient à ce qui est prévu, c'est déjà assez dur comme ça.

— T'inquiète, y aura pas d'emmerdes avec celui-là, répond Pierre.

— J'ai fait un rêve la nuit dernière.

Sans détourner le regard, Pierre dit ces mots neutres comme une annonce dans une gare ou la messagerie automatique d'une banque ou d'un fournisseur d'accès Internet. S'il n'avait pas très clairement entendu sa voix, Julien aurait juré qu'il n'avait rien dit, tant son expression reste inchangée, indifférente. Ses mots se sont matérialisés dans l'air sans que Pierre semble avoir ouvert la bouche.

— Et c'était quoi, ce rêve ? demande Julien, anxieux de s'engouffrer dans cette brèche inattendue.

— C'était un rêve bizarre. Tout semblait normal, au début. J'étais devant le palais de justice et j'ai commencé à sentir un truc. En montant dans l'ascenseur, j'avais l'impression de m'en approcher. Ça traversait les murs. Ça suintait à travers les murs. À travers la peinture, le papier peint, le Placoplatre, le béton armé, le verre. À travers l'acier de la cage de l'ascenseur.

Quand je suis arrivé en haut, tout le monde semblait travailler, l'atmosphère était habituelle, mais en y regardant de plus près je me suis rendu compte que les gens s'observaient d'un œil hésitant. Ils déplaçaient des piles de documents, tapaient des mails. Et d'un coup, les membres du personnel se sont dirigés lentement vers l'ascenseur. Ils m'ont dépassé, les uns après les autres, soudain ils ont accéléré le pas pour rejoindre la cabine et sortir de là. Je ne pouvais pas me retourner pour les suivre. Devant moi, j'ai vu une collègue debout devant notre bureau. Dans le rêve, je savais que c'était une collègue, mais je crois qu'en fait c'était la secrétaire de Pôle Emploi, celle qui s'est suicidée, c'était son visage, en tout cas. Elle avait les mêmes yeux. Elle était debout, sur le seuil de ce bureau, de notre bureau, en train de se ronger les ongles et souriait derrière l'extrémité de ses doigts, ses ongles vernis sous les coups de ses dents. Et là, j'ai senti qu'en moi une étincelle prenait corps. Le temps d'une seconde.

— C'est flippant, comme rêve, dit Julien.

— Ce n'est pas fini.

— Qu'est-ce qui s'est passé après ?

— Je suis allé vers la femme. Elle s'est retournée en fermant la porte derrière elle. J'ai rouvert la porte et alors le bureau et tout le palais de justice ont disparu.

— C'est là que tu t'es réveillé ?

— Non. J'étais à la mer. Sur une plage. J'ai aperçu un vieux bunker, mangé par le vent, par la mer. Il y avait juste ce vieux bloc de béton sur le sable. Une masse irrégulière et anthracite sur le blanc du sable.

— Et ?

— Je m'en suis approché. Je me suis rendu compte qu'il y avait une ouverture sombre dans ce bloc de béton. Un petit enfant noir en est sorti. Il devait avoir cinq ans à peine et il était nu. Il ne m'a pas vu tout de suite. Puis il a levé la tête et a dit une phrase.

— Qu'est-ce qu'il a dit ?

— D'abord, je n'ai pas entendu ce qu'il disait à cause du vent.

— Qu'est-ce qu'il a dit ?

— Alors je me suis rapproché de lui et j'ai fini par entendre.

— Qu'est-ce qu'il a dit ?

— « Nul ne s'exilera dans un monde unifié. » La phrase est tombée entre nous comme un sort. Le vent était glacial. J'ai tourné la tête : la mer était loin et proche à la fois. Le garçon s'est assis sur le sable devant le bunker. Il a répété : « Nul ne s'exilera dans un monde unifié » et il s'est mis à tracer une ligne dans le sable ; puis une deuxième ; puis encore une autre. Toutes passaient par un seul et même point. « Te voilà », a-t-il ajouté, « Tout te traverse et tu n'iras nulle part. »

La douleur dans les lombaires et les genoux le réveille ; SDMJ n'a que vingt-sept ans, mais son poids l'écrase, les disques entre ses vertèbres et le cartilage de ses articulations s'amenuisent à une vitesse grandissante. Chacun de ses gestes est ralenti par la résistance poignante de son corps. Ça fait une éternité, lui semble-t-il, qu'il ne peut dormir que sur le dos. Depuis le début de ce qu'il appelle son « fléau », son métabolisme accumulant presque toute l'eau qu'il ingère, la stockant dans les tissus, une eau qui tient sous sa peau, autour de ses muscles, une eau qui dilue les traits de son visage. Ici, comme dehors, il dort seul. Il dort, et sa respiration s'estompe au fur et à mesure que la nuit passe. Il sait qu'il va mourir dans cette cellule, asphyxié par lui-même, sa cage thoracique écrasée ou son cœur court-circuité. Cette cellule, ou une cellule comme celle-ci. Cette cellule quasiment vide, sauf le lit et la cuvette, où règne le bruit de son essoufflement.

Les yeux fermés, il essaie de se rappeler les ondulations mélodiques de la chanson cachée. La chanson-fantôme gravée dans son souvenir s'envole, comme un oiseau aperçu, jadis, à travers une fenêtre ; il passe d'un côté du châssis à l'autre, disparaît à mi-vol. Il s'est réveillé, et la haine est déjà là. Elle augmente à mesure que le souvenir s'efface. La haine, et l'*amour*. Il referme les yeux en se concentrant sur un point entre ses sourcils. L'oiseau absent réapparaît ; la chanson s'envole de nouveau. SDMJ dit une prière sans mots, enveloppe les secondes d'une attention vide et sacrée. L'oiseau vole, son vol est une courbe ondulante, et SDMJ hait et aime à la fois.

Je pense à toi, maman. La pensée suit la prière initiale ; elle inaugure le jour nouveau.

La lumière des néons rougit l'obscurité derrière ses paupières. Rouge comme la nuit originelle. Le monde-rougeur, le corps-globe. Porté, sans gravité, par les battements d'un cœur éternel. *Je pense à toi, maman.* Ces mots le traversent et il se sent inondé par un amour qui précède l'existence même du mot « amour », du mot « mère ». Du mot « être ».

L'amour-monde. L'embryon mûrit dans la nuit rouge. Incandescent, son cœur d'oisillon bat à travers une peau presque transparente.

Lentement, il soulève son buste en s'appuyant sur ses avant-bras où est tatoué le sigle qu'il s'est donné pour nom. Quand la pointe a transpercé sa peau, il s'attendait presque à voir une goutte d'eau sortir par la piqûre microscopique. Une goutte transparente, d'abord minuscule, puis de plus en plus grande. Une chaîne de gouttes, chaque fois que l'aiguille perforait le derme pour y introduire l'encre. Mais non. La seule eau qui sorte de son corps massif est le film de sueur qui le recouvre dès qu'il se met en mouvement, s'extirpe du lit pour se mettre debout face au mur. Le voyant rouge qui clignote au-dessus de lui, dans un angle du plafond, indique la présence d'un œil qui ne dort jamais. Une fois debout, ses genoux tremblent, la douleur gravit sa colonne vertébrale. Comme tous les matins, il salue celui qui l'observe sans jamais ciller et qu'il ne rencontrera jamais.

Le jour clair et beau est brouillé par le gris de la pollution ; l'autoroute semble se courber pour se joindre à un horizon effacé. Pierre prend la sortie, la voiture se détourne du soleil et du bandeau blanchâtre et éblouissant du ciel, puis longe des champs et des bois immédiatement effacés par la vitesse. Dans leur dos, au loin, s'érige la *skyline* de la Défense. Les édifices semblent presque astraux ; ils planent au-dessus de la ville et de son bassin. Un atoll, suspendu dans l'air. Des tours cristallines. Un îlot-mirage qui trace des lignes dans la cloche opaque qui recouvre toute la région.

Au moment où ils arrivent sur le parking, Julien s'est assoupi. Pierre ouvre la porte de son côté.

— Vas-y, je dois passer un coup de fil, lui dit Julien.

Il essaie d'appeler Marie. On est jeudi, le jour de l'atelier. Elle ne répond pas. Il laisse un message, lui écrit un texto.

« Comment tu vas ? Comment ça s'est passé ? Tu es encore au boulot ? »

Dans la salle d'interrogatoire, Julien a posé la mallette sur la table. À l'époque, comme tous ses collègues, il n'avait pas pu arrêter de regarder la scène en boucle. Le lendemain soir de ce meurtre invraisemblable, commis par un homme massif et immobile dans son propre appartement, Julien était assis sur le balcon. Devant lui, oubliés, le cendrier et une cigarette qui avait brûlé, dont la longue cendre était tombée avant de s'éteindre. Le jour disparaissait dans le gris ambiant. Et il regardait encore, pour la énième fois, le meurtre perpétré par SDMJ. Deux policiers, criblés de balles, agonisant sur le sol d'une chambre insalubre. Le vacarme. Le corps énorme sur le lit. Les cris. La musique distordue. Dans la chambre, Marie somnolait, une main posée sur son ventre nu. Sa main glissait vers le bas tandis que les volutes de la cigarette oubliée enveloppaient encore la silhouette courbée de Julien. Le temps même semblait trouver une forme matérielle dans la spirale lente et irrégulière qui s'enroulait vers le haut, avant d'être dissipée par le mouvement de l'air ambiant.

Julien ouvre la mallette pour en sortir, très soigneusement, un trépied et une caméra qu'il braque sur la chaise en face.

SDMJ hait et aime à la fois, les deux sentiments sont sans objet, comme deux états absolus qui se mélangent, se nivellent en fonction du moment. À cet instant, la haine gonfle et l'amour se berce avec la chanson cachée au fond de son oreille interne où bat le cœur de l'oisillon. Le cœur de l'oisillon, incandescent, SDMJ le sait avec une certitude inébranlable, a sa place dans la main de Dieu.

Quand le gardien vient le chercher, il est debout derrière la porte. Il essaie de lui sourire, mais ses traits lourds bougent à peine. Ses yeux sont minuscules ; ses joues pâteuses sont couvertes d'une barbe noire. Il hait et il aime à la fois, mais il n'a que peu d'amour pour les deux hommes qu'il va voir dans quelques minutes. L'amour reste avec l'oiseau, caché dans le nid absent de son oreille. Il chantonne tout bas. Ses plumes chatouillent son être.

Le jour de la fusillade, avant que tout commence, SDMJ a fermé les yeux et tourné son visage vers la fenêtre. La chaleur de la lumière caressait ses paupières. Il a vu ainsi, étendue sur tout l'horizon, la chrysalide de l'insecte gigantesque qui allait détruire la planète. Ses antennes le titillaient, là où les deux hémisphères de son cerveau se rejoignent. Il était serein, plein d'attente. C'est aussi pour cette raison que la prison le laisse indifférent. Il sait que derrière le mur, il y a le ciel, et derrière le ciel, l'insecte qui bouge dans son sommeil, toujours sur le point de se réveiller. Et derrière l'insecte, Dieu.

C'est sa mère qui a réceptionné le premier colis anonyme. Elle l'a posé sur la table basse du salon, sans commentaire. Il a été très énervé par ça, et le lui a dit, car elle n'avait pas de respect pour ce qu'il était en train de préparer. Quand le deuxième colis est arrivé, celui qui allait lui permettre d'assembler l'arme, elle l'a caché en haut d'un des placards de la cuisine. D'abord, il a cru qu'il n'avait rien reçu, il a cherché sur le forum *dark web* pour essayer de retrouver le vendeur, mais le compte en question avait été supprimé. Après, le soupçon s'est fait certitude, c'était *elle*. Méthodiquement, il s'est mis à fouiller l'appartement. Sa mère riait sans faire de bruit dans sa chambre quand il montait sur l'escabeau de la cuisine. La douleur transperçait sa cheville. *Tu vas t'écraser toi-même un jour, mon fils, avec ton corps monstrueux. Tu vas suffoquer, et je serai enfin libre. Je pense très fort à toi, maman. Je pense à toi tous les matins.*

Calme, serein, il regarde les deux hommes.

— On vient dans ce monde à travers une plaie verticale. Cette plaie fend notre être en deux, dit-il en laissant glisser son regard d'un policier à l'autre sans bouger la tête.

Ils ne peuvent rien lui faire. Dehors, il dormait seul. Toujours dans la même pièce, depuis son enfance, depuis le jour où sa mère lui a interdit l'accès à sa propre chambre. Elle lui apportait à boire et à manger. Le seau vert fluo, trois fois par jour. Toujours avec ce regard, ce plissement autour de la bouche, expression de son dégoût. Ils ne peuvent rien lui faire, car l'oiseau chante dans son cœur.

— Nous faisons partie d'une unité spéciale. Nous avons des prérogatives particulières. Vous comprenez ? dit Julien.

— Cette plaie s'ouvre sur la plénitude d'avant, cette plénitude totale, l'absence de soi, où nage l'enfant avant d'être « enfant ». La plaie s'ouvre sous les cris de la femme pas encore « mère » et laisse entrer le froid. Le vacarme. La lumière. Le monde. Le temps. La conscience. La souffrance. Tout ça veut dire la même chose.

— Nous avons trouvé votre nom dans un contexte très compromettant, poursuit Julien. Vous avez été dénoncé par le suspect principal de l'affaire sur laquelle nous travaillons.

— Tout ça, c'est pareil.

— Comme je l'ai dit, nous avons des prérogatives particulières. Vous êtes obligé de nous répondre sans l'assistance d'un avocat. De même, nous avons le droit d'enregistrer tout ce que vous dites sans que vous puissiez contester les éventuelles preuves ainsi constituées.

— Une mère doit aimer son enfant, non ? C'est elle qui nous blesse ainsi, c'est *sa* plaie. Ça a toujours été *sa* plaie. Pas la mienne. Regardez-moi, j'ai rien demandé.

Trois fois par jour, accroupi au-dessus du seau, je me tiens au pied du lit. Je sais qu'elle me regarde à travers la porte. Je l'entends rire dans le silence du couloir. Quand je me lève pour regarder, elle n'est jamais là. Je suis trop lent. J'ouvre la porte et elle s'évapore, téléportée dans la cuisine. Elle fait du bruit exprès, j'entends le cliquetis des couverts et des casseroles. Elle ouvre le robinet, le jet d'eau tape sur les assiettes sales et l'évier. Le jet d'eau d'abord transparent puis opaque. Mais je ne suis pas dupe. Je sais ce qu'elle fait. Elle ouvre le robinet pour couvrir son rire.

— Dites-moi. Julien sort le dossier de la mallette et le pose devant lui. Pourquoi avez-vous tué ces policiers ?

SDMJ le fixe pour la première fois. Il semble déborder de la chaise qu'il a dû écarter de la table pour pouvoir s'asseoir. Il ne porte pas de chaussures. Les plantes de ses pieds enflés sont tournées vers Julien et Pierre.

— C'est très simple. Je pouvais les faire venir chez moi. J'ai appelé, j'ai parlé, et les flics sont venus.

Le temps. Dès que tu quittes son cycle, dès que tu en es exclu, il perd tout sens linéaire.

SDMJ a travaillé pendant quelques mois dans une petite boutique du quartier qui faisait des réparations de téléphones et d'ordinateurs, et un peu de recel. Il se levait le matin, les membres gonflés, mais ça allait encore. Le fléau a très vite mis un terme à tout ça. Depuis, la chambre. Le seau trois fois par jour. Le rire de sa mère. Le soleil se renouvelle tous les matins. Dieu trace le jour, d'est en ouest, de son doigt lumineux. Le seau s'est transformé en cuvette en inox. Il y a des barreaux devant la fenêtre. Dieu trace toujours son chemin, toujours le même, sur le firmament.

— C'est la seule raison ?

— C'est la seule qui compte.

Pour devenir fœtus, l'embryon parcourt les âges terrestres. De la cellule première qui se forme, puis se divise sur un rocher, dans un océan qui englobe encore toute la planète, à l'homuncule qui ouvre ses yeux à la rougeur sombre du liquide amniotique.

— Mettre bas. Mettre à bas. Mettre à mort. La même chose. Vous, vous existez pour que des gens comme moi croupissent dans un de ces châteaux invisibles qui perforent la nappe de la Cité. Vous et moi, nous sommes indissociables, nos existences se cristallisent autour du même axe. Ce moment que nous sommes en train de vivre, il se trouvait déjà contenu dans mon geste. Tels que vous êtes, vous étiez déjà là. Je vous ai appelés, et vous êtes venus. Dans mon immeuble, l'immeuble où j'ai vécu toute ma vie, au bout de ce couloir, mon couloir. Vous étiez dans la cage d'escalier, en train de monter en courant. Vos collègues devant. Seuls. Allant vers leur destin. Dans un instant, il posera sa main sur la poignée. Et moi, je suis de l'autre côté, dans la chambre au bout du couloir, l'index sur la gâchette. Je suis comme toujours immobile.

Immonde. Heureux. Je suis prêt. Je baigne dans la lumière du jour, je mets en joue cette porte, cette porte dont il va franchir le seuil en courant, bêtement, cette porte dont je sais qu'elle va s'ouvrir, à cause de laquelle, en vue de laquelle j'ai le doigt sur la gâchette, prêt à tirer. Prêt à vider le chargeur de mon arme dans le ventre du premier venu. Je peindrai les murs de son sang.

Calmement, Pierre se lève de sa chaise, contourne la table, et lance un, puis deux coups de poing secs dans le visage de SDMJ.

Après l'atelier, Marie relit quelques-uns des passages que les patients ont soulignés sans les présenter. Sandrine a stabiloté pratiquement l'intégralité de la page décrivant la cérémonie des Invalides en l'honneur du soldat mort. Le visage grave du président est rose fluo. Lucien a déchiqueté presque tout son magazine. Marie l'a vu glisser la photo de l'avion et de la fête foraine dans une poche de son manteau. Elle ramasse une page, tombée sous la chaise de Li Xing : une femme semble se noyer dans la clarté lactée du papier brillant. D'une jeunesse sans âge, elle émerge du papier froissé. Une madone radieuse, qui tient dans la paume de Marie. *Diaphane*. Voilà le mot auquel elle pense, appris il y a longtemps au lycée. Émerge un deuxième mot – *diurne*. *Diaphane* et *diurne*, liés dans un poème récité par sa professeure de français, vingt ans auparavant, dans une banlieue de Metz. « Diaphanes, les dauphins nagent dans l'azur du jour… », enfin, quelque chose comme ça. Elle plie la feuille et la glisse dans son sac à main.

Aux toilettes, Marie se passe le visage sous l'eau. Elle enroule une mèche autour de son index, puis tire dessus, comme si elle songeait à l'arracher. Elle pense à Sandrine et à ses racines poivre et sel. Elle entend le téléphone vibrer dans son sac. C'est Julien. Elle n'a pas envie de lui parler.

Marie part plus tôt que d'habitude du travail. En sortant des toilettes, elle prend son manteau et quitte l'hôpital sans un mot. *Kalachnikovs. Ça me fait marrer.*

Elle lit le texto de Julien sans y répondre.

Depuis la rame du métro, elle regarde les affiches sur le quai d'en face. Elle s'attarde sur la description d'une exposition au Palais de Tokyo. Un artiste anglais dont les photographies nocturnes de paysages forestiers du sud de l'Allemagne, leur allure profondément paisible, presque sous-marine, l'avaient touchée jadis, lorsqu'elle était allée les voir au Centre Pompidou de Metz avec Julien. Une échappée, pour se soustraire un peu à la pression familiale, au père de Marie, médecin, scrutant Julien, le nouveau, le Breton, exerçant un métier inadéquat, mais à la hauteur de l'échec de sa fille. Ces paysages couvraient chaque fois un mur entier, la lumière assombrie glissant sur les arbres, les ruisseaux, la bruyère. Elle avait dit à Julien qu'elle en était émue. Puis elle avait inventé un petit jeu de mots, « Te voir te mouvoir m'émeut » ou bien « Quelle émotion de te voir te mouvoir », elle ne sait plus exactement. L'émotion, elle, reste encore intacte, sa force liquide sauvegardée dans l'ombre du souvenir.

Une succession de salles dont tous les murs étaient recouverts de ces éclaircies et lacs dévoilés par une lumière grise mais radieuse. Après, la grande salle noire. Avant la visite, Julien lui avait dit à plusieurs reprises qu'il n'aimait pas les musées, qu'il était un homme pratique et que c'était aussi pour ça qu'il avait opté pour la police, « les études j'en avais marre, à force, je voulais du concret ». Mais la salle noire était différente.

Le temps passé à l'intérieur leur avait semblé inquantifiable.

Marie s'aperçoit qu'elle a raté sa station, de beaucoup. Elle sort du wagon au moment où le signal sonore est déclenché, elle monte et redescend un escalier. Le carrelage blanc des couloirs, les taches de moisi au plafond, la peinture craquelée, l'odeur d'urine. Certains des couloirs lui font penser à un abattoir. Elle s'installe dans un autre train sans regarder ni la ligne ni la direction. Ils étaient entrés dans cette salle, accueillis par une obscurité feutrée. Ils avaient à peine réussi à distinguer la banquette dans le noir. Marie sort la page de magazine de son sac. Ba. Len. Cia. Ga. Chaque syllabe est un murmure sur ses lèvres, un sortilège, un talisman. *Balenciaga*. La madone tient dans le creux de sa main. La page luit. Une plaine froissée, blanche de neige.

La salle noire. À côté de l'entrée, le nom de l'œuvre : « CUMUL ». Ils se sont assis à l'intérieur et ont émergé de leur recueillement deux heures plus tard.

Marie descend à la station Voltaire. Chez un primeur au coin de la rue Godefroy-Cavaignac, elle achète une pomme verte. Devant elle, de l'autre côté du trottoir, elle aperçoit des enfants avancer en rang, tous vêtus d'une chasuble jaune fluo. Ils marchent vers elle, deux par deux, quand, sans ralentir le pas, les premiers s'allongent sur le trottoir.

— Vous faites quoi, là ? demande l'accompagnatrice.

Deux par deux, les enfants commencent à tomber, ils rampent les uns sur les autres, pour s'agglutiner en un tas informe de corps.

— Bougez-vous, arrêtez les bêtises.

Marie croque dans la pomme, le jus aigre-doux inonde sa bouche.

— Arrêtez, les enfants.

Mais ils se tiennent les uns aux autres, l'accompagnatrice en soulève un sans pouvoir l'arracher aux autres qui se débattent pour le retenir au sol.

— Qu'est-ce que vous faites ?

Elle avale et croque une deuxième fois dans la pomme.

— Putain, mettez-vous debout ! hurle la femme.

Marie descend du trottoir et fait un pas vers le milieu de la chaussée. Les enfants sont entassés, vêtus de fluo. Tout ce qu'elle voit se décale. Soudain, la scène est entièrement grise, le ciel s'éventre, les secondes défilent, et la peur emplit sa cage thoracique. Dans chaque facette d'un œil déshumanisé, Marie voit les silhouettes enfantines grandir à toute vitesse. Les enfants, un tas de membres qui s'accrochent les uns aux autres. Des corps fluorescents empilés. Indistincts. Leurs visages, vides de toute expression. L'accompagnatrice tombe à genoux. Elle met les mains devant son visage. Les corps des enfants ne bougent plus. Marie voit un sanglot parcourir le corps de la femme. Elle sait que derrière ses mains, elle pleure.

Marie fait un autre pas sur la route, un scooter surgit derrière une voiture garée au milieu de la chaussée. Elle regarde toujours les enfants et celle qui pleure à côté d'eux. Le conducteur du scooter tourne la tête pour insulter l'homme qui est en train de sortir un carton du coffre de sa voiture. Marie fait encore un pas. Elle est presque au milieu de la route. Le scooter contourne la voiture. Elle fixe les enfants, les enfants immobiles dont l'image se brise au prisme de sa peur, et crie :

— Arrêtez ! Arrêtez, s'il vous plaît !

Elle laisse tomber la pomme à peine entamée, et le véhicule à deux roues la percute sans même amorcer un freinage.

— Je vous l'ai dit, nous avons des prérogatives particulières.

Pierre s'essuie les mains avec un mouchoir en tissu qu'il a sorti de sa poche. La mallette est sur la table, devant Julien. Le fermoir est ouvert. Il sait qu'un deuxième dossier se trouve à l'intérieur.

— On n'est pas ici pour vous frapper, ajoute Julien. Mais sachez qu'il n'y a pas de limite aux mesures que nous sommes autorisés à prendre.

SDMJ ne bouge pas. Il a à peine bougé au moment des coups. Le sang frais coule dans sa bouche. Il fait glisser sa langue sur ses dents. Amour et haine. Parfois, ces deux mots lui semblent interchangeables. Dans le nid de son oreille, silence. Il attend.

Julien sort son téléphone. Pas de réponse de Marie, mais un message du procureur :

« Faites-le parler du crime. Même si ça fait mal. C'est la seule entrée. Sinon il vous parlera seulement de la chatte de sa mère et du Jugement dernier. »

Julien n'a pas eu le temps de réagir à la violence de Pierre. Sa main frôle le deuxième dossier. Il ressent la même appréhension que son collègue, debout à côté de la table, dont le mouchoir taché déborde de la poche de son pantalon.

— Vas-y, dit-il. Vas-y. Il est temps.

Julien demande :

— Tu es sûr ?

— C'est pour ça que nous sommes venus.

SDMJ sait qu'à chacune de leurs respirations, les trois hommes communient, partagent cet instant. L'angoisse des deux autres est perceptible.

— Pour faire quoi ? Vous êtes venus pour faire quoi ?

Les doigts de Julien effleurent la chemise du dossier. Le procureur a déposé lui-même la mallette sur le siège arrière. Un homme souriant, doux, impeccablement habillé. Le cuir clair, luisant, de la mallette enveloppe le dossier, retient le malaise. Pendant tout le trajet, il a senti sa présence feutrée. Du cuir luisant, comme les chaussures impeccablement brillantes du procureur.

« Montrez-lui, mais ne regardez pas vous-mêmes. S'il a quelque chose à voir avec tout ça, il sait, a dit posément le procureur, ça se passera très bien pour lui. »

— Vas-y, répète Pierre. (Il se tient près du mur. Toute son agressivité a disparu.) Vas-y. C'est pour ça que nous sommes ici.

SDMJ sent la peur des deux autres. *Si tous les jours se ressemblent,* pense-t-il, *il n'y a qu'un seul jour. S'il n'y a qu'un seul jour, il n'y a pas de futur. S'il n'y a pas de futur, il n'y a pas de temps. S'il n'y a pas de temps, la mort et la vie sont une seule et même chose.*

Julien saisit le dossier, le sort de la mallette et le pousse vers SDMJ.

— Ouvrez et regardez.

L'oiseau absent se pose sur son épaule. Il chantonne, il susurre, il nettoie ses plumes. SDMJ tend l'oreille et oublie une seconde l'objet posé sur la table devant lui.

— C'est *sa* plaie, pas la mienne. Je suis à l'abri, ici. Je contemple le doigt de Dieu tracer son chemin sur le firmament, et je suis au calme. Le fléau ne compte pas, ici. Vous ne comptez pas. Je ne compte pas.

— Ouvrez et regardez !

Lentement, SDMJ se penche en avant. Il pose ses mains sur le bord de la table.

— C'est *sa* plaie pas la mienne.

— Ouvrez et regardez.

— Ici, je retiens tous les jours du monde dans une goutte d'eau, au creux de ma main. Je la bois et je la garde en moi.

Pierre fait un pas en avant, comme pour le frapper encore, mais il recule, dos au mur de nouveau.

— S'il vous plaît, ouvrez et regardez.

SDMJ éructe. Il crache sa salive ensanglantée sur le sol, soulève son corps de la chaise. La douleur irradie dans son dos et ses genoux. Il s'avance pour toucher le dossier du bout des doigts. Il le tire vers lui en se laissant tomber en arrière.

— Le seul bruit que j'entends dans ma cellule est celui de ma respiration. La nuit, elle s'estompe sous mon poids et pendant un court instant, avant que je me réveille, il y a un silence absolu.

SDMJ tient le dossier entre ses mains et regarde les deux policiers face à lui. En retrait, tout en restant proche de la table, comme s'ils devaient protéger leur corps de l'objet qu'il tient entre les mains, cet objet qu'ils veulent fuir à tout prix. Pierre garde les mains derrière son dos en s'appuyant contre le mur. Julien se tasse dans sa chaise et serre les accoudoirs. Ses phalanges sont blanches.

SDMJ attend. Il attend que l'oiseau se taise, qu'il se taise et qu'il remonte dans son oreille pour retrouver son lit. En attendant, il les regarde. Puis il demande :

— Messieurs, avez-vous peur de mourir ?

En posant la mallette sur le siège arrière de la voiture, le procureur y a jeté un œil. Entre le cuir et le papier, il a aperçu quelque chose. Il a été immédiatement submergé par l'émotion. Il a vite fermé la porte. Au moment où la voiture est partie, il s'est retourné pour cacher ce qui montait des tréfonds de son corps. Des larmes, inarrêtables. Et des sanglots. Il n'avait jamais sangloté comme ça, auparavant. Il a dû s'asseoir sur le bord du trottoir, les chaussures immaculées tout à coup souillées par la crasse de la rue. La morve a coulé de son nez pour tacher son visage et le col blanc amidonné. Il reniflait comme un enfant en s'essuyant sans gêne avec la manche de sa veste de costume. Il n'a pu appeler le secrétaire d'État pour l'avertir que tout était en route qu'une bonne demi-heure après.

« Montrez-lui. S'il n'est pas concerné par cette affaire, vous le saurez. »

La froideur opérationnelle d'un homme qui connaît sa place, qui comprend qu'elle s'inscrit dans une dynamique plus grande. Qui a un plan, une stratégie. Qui anticipe. Qui manipule. Cet homme jette un œil dans une mallette contenant de simples photocopies. Et les larmes viennent, les larmes et les sanglots d'un nourrisson né sans mère, complètement perdu dans un monde insensé qui ne fait même plus « monde ». Pendant cette demi-heure, le cosmos s'est évaporé, avant de se reconstituer autour du smartphone qui vibre sans discontinuer dans sa poche de poitrine.

— Ouvrez et regardez.

Pierre se décolle du mur, les mains toujours derrière le dos. Il fait deux pas, et se retrouve à côté de SDMJ. Sa main droite fait une courbe précise et fluide vers la tête de SDMJ et pose le canon froid sur sa tempe.

— Je vous l'ai dit, que nous avions toutes les prérogatives, dit Julien.

— Et la caméra ?

— La caméra est là *parce que* nous avons *toutes* les prérogatives.

— Dans ce cas, j'ai quelque chose pour la caméra.

SDMJ repousse encore la chaise qui craque sous son poids.

— Bouge pas, je te dis.

Le canon reste collé contre sa tempe ; Pierre met sa seconde main sur la crosse.

Lentement, SDMJ soulève son tee-shirt. Son ventre mou déborde sur ses cuisses.

— Regardez.

Le jour du meurtre, dans la chambre, la GoPro filme. *Je peindrai les murs du sang de mes ennemis*. La chanson. Ô la chanson. SDMJ lance la musique sur son ordinateur. Les spectateurs du *Facebook live* doivent baisser le volume, tant la chanson résonne violemment dans la pièce. La musique est tellement forte que SDMJ croit presque la voir se matérialiser. Les notes prennent forme. La porte s'ouvre, son doigt est sur la détente et le type court vers lui, il hurle quelque chose qu'il n'entend pas, il voit « POLICE » écrit sur sa poitrine. Son visage est couvert d'un casque, il porte des lunettes noires. SDMJ lève son arme, et tire. Un deuxième policier succède au premier, SDMJ tire encore, il vide son chargeur à l'aveuglette. Le fusil tire, SDMJ ne voit que du sang et le fusil cliquette dans le vide, chacune des balles est entrée dans les corps ou dans les murs. Et puis la porte s'ouvre de nouveau et les autres policiers lancent une grenade dont l'explosion couvre une seconde la mélodie. *White noise* abrupt. Violentissime. Abasourdi, encerclé par la fumée, SDMJ perçoit tout de même le *base drop* légendaire du morceau. Son cœur jubile. Il cherche le deuxième chargeur, mais il a glissé du lit. Au moment où la fumée se dissipe, il a l'impression qu'une centaine d'hommes envahit la chambre, une masse noirâtre de membres et de visages cagoulés trop dense pour le peu d'espace qui demeure entre l'endroit où il se trouve et la porte maintenant béante. En réalité, il ne sait pas combien de policiers sont entrés dans la pièce. Peut-être n'y en a-t-il que deux qui se confondent avec la fumée de la grenade. L'un d'eux se détache de ce fond grouillant, formant comme un deuxième écran de fumée, un homme-fumée qui lève son arme et lui tire quatre balles dans le ventre. SDMJ sent le rire monter en lui, en bas du ventre d'abord, puis il est propulsé en dehors de lui. Un rire fou et aveugle. Le policier le frappe avec la crosse de son arme. Il le frappe et SDMJ rit. Sous les coups, la tête tournée sur le côté, il remarque que la grenade a fait exploser la fenêtre et une partie du mur. Dehors, sur le parvis, sur la dalle grise en béton, des voitures. Parmi les voitures, le fourgon de police. Le soleil, haut dans le ciel. Il sent sa lumière sur sa peau.

Dieu est grand.

Dans la salle d'interrogatoire de la prison, il montre chacune de ses cicatrices aux deux policiers. L'un d'eux tient un pistolet contre sa tempe.

— Regardez. Vous ne comptez pas, ici. Je ne compte pas, ici. Je tiens tous les jours du monde dans le creux de ma main.

Pierre baisse son arme, appuie sur la détente ; le coup de feu explose trois des cinq métatarsiens du pied droit de SDMJ.

— Ouvre le dossier.

Pierre replace le canon brûlant sur sa tempe.

Si tous les jours se ressemblent, il n'y a qu'un seul jour. S'il n'y a qu'un seul jour, il n'y a pas de futur. S'il n'y a pas de futur, il n'y a pas de temps. S'il n'y a pas de temps, la mort et la vie sont une seule et même chose.

V

Le ministre est fatigué. Depuis l'apparition des photos, il ne dort plus. Dans sa limousine, après un passage à la télévision, il a pris le temps de connecter son téléphone au Bluetooth de la voiture et d'ouvrir Spotify : il est tombé sur une playlist flambant neuve, *p(l)eine conscience*, publiée quelques heures auparavant. Tout y est, encore une fois. La signature *avbvrn* se reconnaît dans chaque mesure, elle colore les mélodies et rythmes enlacés dans une nouvelle plainte qui réitère la même souffrance. Submergé par une joie inespérée, le ministre l'a tout de suite reconnue.

En sortant son téléphone, il a également vu un lien que sa femme lui avait envoyé, accompagné d'une petite légende : « Voici mon concert à Sydney, tu peux sentir mon amour vibrer dans chaque note. »

Il a supprimé le lien.

Il s'est tourné vers Saïd qui était assis à côté de lui.

— Personne ne va comprendre, dit le ministre. Je veux pas la remplacer. Je veux juste consolider le vide qu'elle laisse. Effacer sa trace. C'est sa trace qui me déchire. Son absence. Ce putain de piano et son silence dans mon salon. C'est pour ça que je veux divorcer.

— D'accord, monsieur.

Le regard de Saïd est resté flou.

Il m'écoute, a pensé le ministre, *mais il ne me comprend pas.*

— Je suis crevé, Saïd. J'en peux plus.

— Mais monsieur, dites pas ça. On a besoin de vous.

— J'ai l'impression d'être le maître des horloges, mais toutes les horloges sont retournées, face contre mur. Elles tournent depuis toujours. Leurs mains tournent quoi que je fasse et sans que je les voie. En plus, je ne connais pas l'heure. Ou leurs mains ne tournent pas. Ou leurs mains tournent trop vite, ou dans le mauvais sens. Ou il n'y a pas d'horloge et je suis seul dans un sas vide, à côté d'une salle de presse pleine à craquer, sur le point de me faire lyncher pour quelque chose que je ne comprends même pas et que je n'ai pas fait.

— Mais non, monsieur. Personne sait faire ce que vous faites.

— Qu'est-ce que c'est, au juste ? Dis-moi, Saïd, je t'en prie.

— Vous gérez. Vous représentez.

Le ministre a sorti un petit sachet rempli de triangles blancs de sa poche.

— Monte le son, tu veux bien. J'ai besoin de me vider un peu la tête.

Le ministre ne dort plus. Il ne dort plus, et l'enquête avance sans lui. Ses assistants et Bernard le tiennent informé, mais il ne parvient pas à intégrer ce qu'il entend ou lit. L'enquête est pour lui un bruit de fond, un poste de télévision allumé dans la pièce à côté. Un bruit qui traverse une porte fermée, et qui chasse par intermittence le silence et la solitude.

Désormais, quand il est chez lui, tout l'immeuble vibre sous les basses. Le monde est pour lui une nappe blanche et lisse. Au milieu de cette plaine insomniaque, la cathédrale noire de sa souffrance. Et même la journée, quand il trace son chemin à travers cet essaim de gens qui l'entoure à tout moment, assistants, journalistes, autres ministres, Saïd et son partenaire, il sent de plus en plus fort l'appel qui émane des tréfonds de cet espace intensément rêvé. « *Folge mir* », chante la voix. Le cœur du ministre bat au rythme d'un tambour qui vient du passé. Le tambour d'une armée de défunts. Un seul soldat arrive sur la plage d'Omaha Beach. Il n'y reste qu'un seul nid de mitrailleuse dans un bunker. Le soldat ouvre la porte en acier qui y donne accès : s'en échappe le bruit de sabots de mille milliers de chevaux. Devant le bunker, sur la plage, les bras tendus et illuminé par un ciel enflammé, Charles de Gaulle. Le képi et l'uniforme tissés d'ombres, il tient à la main un étendard couleur amour, couleur mort, couleur renaissance.

Allongé, drogué, le ministre écoute. Il écoute, les yeux écarquillés, et pleure sans ciller. Mais il ne dort pas.

Mon amour vibre dans chaque note.

Non.

Non. Ton amour n'est pas. N'est plus.

C'est le cinquième jour après la découverte des photos. La limousine électrique, noire et silencieuse, scintille sous le soleil matinal. Le ministre vient d'avaler une poignée de cachets triangles d'un rose pâle. Une drogue qui l'arrache à la stupeur : son cœur, transformé en source de lumière, se met à irradier dans tout son corps. Son esprit se déploie, telle une voile solaire.

Cette fois-ci, ce n'est pas Saïd qui lui a procuré le petit sachet, ni Jean, son autre garde du corps. Un jour, le ministre est arrivé au Palais et a trouvé, sur son bureau ancien aux dorures usées par des générations de dignitaires, un pilulier transparent, avec dans chaque compartiment un petit sachet, le tout accompagné d'une lettre en expliquant l'usage le plus approprié et le plus efficace. « Ce médicament est parfaitement adapté à vos besoins et prend en compte tous vos paramètres biométriques. » Pendant quelques jours, le ministre avait hésité, horrifié par la pensée que quelqu'un avait pu prélever ces informations à son insu ; qu'il puisse s'agir d'un mensonge et qu'il risque sa vie en avalant un de ces cachets anonymes. Mais en fin de compte, il s'était senti si extraordinairement triste qu'il avait relu la notice :

« Ceci vous soulagera, et vous aidera à remplir vos fonctions », avant de glisser un premier petit triangle blanc dans sa bouche.

Tu n'es pas là. Moi non plus, je ne suis pas là, au moins pour quelque temps.

Cette fois-ci, il s'agit d'une nouvelle forme : pas d'un triangle, mais d'un ovale. Un petit sachet s'est manifesté ce matin dans la poche intérieure de sa veste de costume. Il a découvert ce cadeau en voulant y ranger son téléphone. Avec reconnaissance, il a avalé tous les cachets à la fcis. C'est exactement la bonne dose. Propulsé par chaque palpitation, il plane.

Dans le bureau du procureur, le secrétaire d'État explique que l'enquête a atteint un point décisif.

— Qu'est-ce qui vous arrive, Olivier ? demande le ministre en scrutant le visage livide du procureur.

— Rien. Rien. Tout va bien.

Bernard paraît être la quiétude même.

— Écoutez. L'innocence du suspect n'a pas pu être établie pour l'instant. C'est pourquoi nous sommes passés au stade suivant.

— C'est-à-dire ?

— Nous avons lancé une procédure de vérification à la prison de Cergy.

Le ministre scrute le procureur qui se détourne, comme s'il avait honte de quelque chose.

— Et ? demande-t-il.

— Si cette procédure aboutit, il va falloir se montrer résilient.

— C'est-à-dire ?

— Frapper fort et frapper vite.

— Putain, Olivier, vous avez vraiment une sale gueule. Bernard, je comprends pas un mot à ce que vous dites. Parlez français, merde.

— J'attends l'appel de l'équipe d'intervention sur place. Ensuite, on verra.

Sur le parking de la prison, Julien et Pierre sont restés silencieux plusieurs minutes. L'esprit comme effacé. Sans émotion ni pensée. Pierre a mis la caméra dans le coffre ; Julien a reposé la mallette vide sur la banquette arrière. Les mains à plat sur le volant, Pierre regardait sa manche droite, éclaboussée. Julien regardait Pierre regarder sa manche de chemise salie par sang de SDMJ.

— Sa race.

— Tu peux la jeter, je pense.

Julien met quelques instants à sortir le portable de sa poche. Il examine l'écran tactile. Pas de notifications. Fait défiler ses contacts ; hésite à la lettre « M » ; compose le numéro qui lui a été dicté par le procureur quelques heures auparavant.

Julien entend la tonalité, puis la suite de notes correspondant au numéro. Ça sonne. Les taches sur la manche de Pierre forment un motif en cascade. Il fait pivoter son avant-bras devant lui pour constater l'ampleur des dégâts. Les gouttelettes rouges se sont assombries au contact de l'oxygène.

— Quelle merde.

Julien fixe les taches rouges. On dirait une espèce de test de Rorschach. Un test de Rorschach particulièrement évident. Particulièrement urgent. Une cascade de sang qui s'écoule autour du bras de Pierre, de la main jusqu'en haut de l'épaule, où son geste a pris naissance. Julien observe ses propres mains en posant un instant le téléphone. Sur le dos de la gauche, une goutte, à moitié séchée.

Tu as déjà tué quelqu'un ? a-t-il envie de demander tandis que Pierre commence à déboutonner sa chemise. Une larme de sang sur sa main. Il ne sait pas quoi en faire.

Puis surgit la vraie question, la question existentielle, qui pourrait tout clarifier.

As-tu reçu d'autres ordres que moi ?

Il entend une voix ; il reprend le téléphone. Le secrétaire d'État vient de décrocher.

— Vous lui avez montré les photos ?

— Pour ainsi dire.

— Qu'est-ce que ça veut dire ?

— Il les a eues sous les yeux. On les lui a soumises.

Pierre, torse nu, attrape la main de Julien, et essuie la tache avec sa chemise souillée.

— Et ? Qu'est-ce qu'il a dit ? demande le secrétaire d'État.

Julien ferme les yeux et se masse les paupières. Tout son corps, l'air dans l'habitacle, la voiture, le parking, le gigantesque bâtiment en face de lui semblent être de plomb. Dans le ciel, un soleil gris, sa lumière est une chape omniprésente qui coule sur le monde.

— Il nous a tout confirmé.

— Vous êtes sûr ?

Pierre étale la chemise sur le volant.

— Oui. Nous sommes absolument sûrs, dit Julien. Il nous a confirmé que le suspect qui a écrit le courriel a été en contact avec lui. Et que c'est lui qui avait ordonné l'action du Faubourg-Saint-Antoine et que le mec aux chiens a décidé d'y ajouter celle de Clichy. C'est leur faute, tout est leur faute.

Le ministre lève les yeux sur Bernard qui vient de raccrocher.

— C'étaient eux. C'était Précieux, lui dit le secrétaire en posant le smartphone sur le bureau Louis XV. Ils viennent de sortir de la prison. Ça s'est bien passé.

— Qu'est-ce qu'ils y ont vérifié au juste ? Qu'est-ce qu'ils y ont fait ? demande le ministre.

Le visage de Bernard est aussi énigmatique qu'une sculpture érigée face à la mer par un peuple disparu. Un visage usé par le temps. Un visage qui incarne l'idée même d'un stoïcisme efficace. Inébranlable. Le ministre y lit de l'assurance. De l'assurance, et de la satisfaction.

— Bernard, qu'est-ce qu'ils y faisaient ? Répondez à ma question.

— Leur travail. Ils ont vérifié une information. Ils ont confirmé qu'ils ont un responsable pour ce qui s'est passé. Maintenant, il faut lancer la prochaine phase.

Il sourit et reprend le smartphone qu'il avait posé sur le meuble antique, inestimable, écrit un message. Il relève la tête :

— Il faudra des sacrifices.

Le ministre sent que l'effet des cachets se diffracte. Il a du mal à se concentrer sur les mots de Bernard.

— De qui ? Qui doit faire des sacrifices ?

Et intérieurement, il se demande : *Qui doit être sacrifié ?*

— Personne. D'importance. Il faut voir l'urgence de la situation, l'enjeu global. Vous donnez votre aval, non ?

Le ministre hésite longuement. Molécule par molécule, les bords de la voile solaire se dissolvent dans la fatigue. Il sent une question gonfler en lui, ou plutôt, l'inflexion d'une question qu'il n'arrive pas à formuler. Cette inflexion monte et se transforme en pressentiment. En peur. Il ne comprend pas. Il regarde le visage laid et plein d'attente du secrétaire d'État, et il se demande s'il n'y a pas la même peur, la même incompréhension derrière cette façade assurée. Une peur qui les soutiendrait tous. Une peur qui pénètre et guide chaque geste de ces hommes, sans effleurer la surface de leur conscience. Puis même la peur s'effrite, et avec elle la possibilité de toute pensée cohérente. Il glisse sa main dans sa poche et referme son poing autour du sachet vide. Il se concentre, rassemble ce qui lui reste de présence d'esprit en une syllabe pure et claire.

— Oui, dit-il. Oui. On y va. Il faut y aller.

— Très bien. Très bien. J'avais anticipé cette réponse.

Le téléphone de Marie sonne dans le vide. « Bonjour, vous êtes bien sur la messagerie de Marie-Apolline Fritsch, je ne suis pas disponible pour le moment, mais je vous invite à me laisser un message afin que je puisse vous recontacter. » Julien raccroche et remet le téléphone dans sa poche. Il y a trop de bruit, de toute façon.

En partant de la prison, ils se sont arrêtés sur le viaduc de Gennevilliers, à quelques kilomètres du périphérique. On aperçoit à l'horizon le Sacré-Cœur, miniature d'albâtre, au milieu des myriades de formes grises et poussiéreuses. Plus loin se dresse le nouveau palais de justice ; ses trois Lego géants forment un escalier de blocs vitrés. Pierre sort la caméra du coffre. Les tibias contre la glissière de sécurité, Julien et lui contemplent ce pont gigantesque qui enjambe les villes d'Argenteuil et de Gennevilliers, le fleuve et sa vallée. Le vent fouette leurs visages. Les autres voitures sont de vagues taches qui effleurent l'extrémité de leur champ de vision. Au loin, trois hélicoptères décollent de la ville et se dirigent vers le nord-est. Pierre retire la carte SD de la caméra. Elle tient dans le creux de sa main, comme une hostie noire et carrée. De toutes ses forces, il la jette par-dessus la glissière. Julien suit la chute du petit carré sombre tant qu'il peut ; qui vrille et semble disparaître en plein vol. Soudain, il se voit, lui et Marie, main dans la main, sauter de ce pont d'autoroute. Tels deux plongeurs synchronisés, ils tombent, tête la première.

— À ton avis, pourquoi il a tué sa mère ? demande Julien dans la voiture.

— Je sais pas. Pour refermer la plaie, peut-être. Tu imagines, la mère morte depuis des jours dans la cuisine. Quelle horreur !

Pierre cesse de parler. Il réfléchit. Puis dit :

— Dieu. Le temps. Tout ça, ce sont des idées mortes.

— Et quelles idées seraient encore vivantes ?

— Je sais pas. Aucune, peut-être. Peut-être qu'on ne peut compter que sur soi-même. On tient un temps, et puis c'est tout.

— C'est archi-glauque, ce que tu dis, Pierre.

— Je sais, mais c'est ce que je pense. On tient un temps, et on s'écroule. Ou on tient pas, et c'est pareil. Si on tient pas, on confirme juste la règle d'une autre façon.

Julien ne répond pas, il pense :

As-tu reçu d'autres ordres que moi, Pierre ?

Ils ont quitté le viaduc après avoir jeté la carte SD. Sans autres explications, le secrétaire d'État leur a donné par SMS l'ordre de suivre la direction des hélicoptères.

Le secrétaire d'État. Probablement Julien ne lui reparlera-t-il plus jamais. Malgré sa stupeur, il a l'impression d'avoir compris quelque chose au sens de la Nébuleuse. C'est un agencement, toujours en train de naître du chaos. Toujours en train de se renouveler. Une structure, toujours sur le point de se disperser, mais Julien sait qu'elle est là. Une structure à l'arrière-plan, comme les petites bulles qu'on aperçoit un jour d'été, enfant, du coin de l'œil. Ces espèces de petites bulles, ou de petites lumières dues à une distorsion de la vue, et qui semblent flotter sur le fond azur du ciel. La Nébuleuse existe, précisément, dans la dispersion. C'est sa façon d'être. C'est comme ça qu'elle a surgi dans sa vie. C'est comme ça qu'elle y persiste. Un ordre fantôme qui peut se passer de lui, tout comme de l'homme prétendument puissant qu'il vient d'avoir au téléphone. Il a envie de pleurer. Il a envie de parler à Marie. Il a envie d'être quelqu'un d'autre.

As-tu reçu d'autres ordres que moi ?

La Nébuleuse. Il sait qu'elle pénètre parfaitement son existence. Chaque mot, chaque geste, un joyau préservé pour l'éternité. Julien se rappelle une conversation avec Pierre, dans une autre voiture, lors de l'intervention dans la « grotte de Lascaux ». La beauté de ce lieu épouvantable. Les questions qui persistaient secrètement dans ses rêves, ses rêves faits de runes noirs et d'empreintes de main rouges, de peintures à la fois abstraites, aléatoires et tellement charnelles qu'elles faisaient penser à un corps humain déchiqueté et étalé sur les murs d'un appartement.

« Pourquoi tu penses qu'on a été choisis ? avait-il demandé à l'époque, sonné par ce qu'ils venaient de vivre.

— Je sais pourquoi ils m'ont recruté moi. Enfin, je pense savoir, avait répondu Pierre. Il faut prendre les choses telles qu'elles sont. On a été choisis. Voilà. C'est un fait. On a été choisis et on fait ce qu'on nous dit de faire. »

Julien se tourne vers Pierre qui regarde la route devant lui.

— As-tu reçu d'autres ordres que moi, Pierre ?

— Je n'ai ni le droit ni l'envie de répondre à cette question.

— Pierre. Regarde-moi.

Julien attrape le volant d'une main et le tire vers lui. La voiture fait une embardée. Des klaxons, le crissement des pneus : une autre voiture, une tache rouge, baveuse, surgit tout près d'eux, et disparaît.

Pierre s'arrête sur le bas-côté. Julien le fixe toujours, la main gauche posée sur son avant-bras.

— As-tu reçu d'autres ordres que moi, Pierre ?

— Je peux pas te répondre.

— Tu as tué un homme, Pierre.

Pierre fait lentement non de la tête.

— J'ai pas tué un homme, j'ai tué une vermine.

Après le premier tir, Pierre a remis le canon brûlant sur la tempe de SDMJ. La flaque de sang s'étend jusqu'à ses baskets. Le pied de SDMJ est en lambeaux.

Les paupières fermées, SDMJ ne voit qu'une obscurité écarlate. La douleur est insupportable. Le bout du pistolet le brûle, mais il ne bouge pas. Il se force à accepter la douleur. Il embrasse la douleur. C'est une note aiguë, tenue indéfiniment. Elle rend le temps audible. Les paupières fermées et à travers la douleur, il écoute les hommes respirer ; ils sont presque à l'unisson. Il essaie de rassembler toutes ces impressions. Il fait un effort pour transpercer le rideau brûlant de la douleur, pour plier le *tout* en un minuscule origami d'oiseau.

D'un clic, Pierre abaisse le chien de son pistolet.

SDMJ concentre *tout ça* dans cet oiseau, éphémère, translucide, qui se pose sur une branche dans le vide.

Dieu.

Est.

L'oiseau s'envole à l'instant où la deuxième cartouche explose.

Grand.

VI

Les derniers rayons du soleil illuminent par endroits la couche de pollution qui couve la ville. Monochrome est le ciel, autrement monochrome est ce qu'il surplombe. Paris. Les trois hélicoptères arrivent du sud-ouest de la capitale, signes avant-coureurs de l'opération de police sur le point de se produire.

Dès qu'on franchit un certain seuil, comme les trois pilotes le font à cet instant précis en venant de l'intérieur de la capitale, les forces qui donnent sa forme à celle-ci s'inversent. Là commence le paysage centripète qui se diffuse autour de l'éclat fragmentaire de son centre. La périphérie immédiate est une sphère où la mort s'installe sans histoire. Y règne le désœuvrement qui fait de ses habitants des spectres, hantant un monde en voie de décomposition.

Dans le quartier, les cris des guetteurs précèdent le bruit des hélicoptères de quelques secondes à peine.

Noircies par la lumière rasante du coucher de soleil, les tours des HLM se dressent vers le ciel. Une odeur d'été émane du béton et du goudron chauffé. Le second garçon qui, cinq jours auparavant, a vu son ami retourner la photo sur le trottoir de la rue du Faubourg-Saint-Antoine guette l'horizon. Un ballon de foot sous le bras, il est monté avec son frère sur le toit de leur immeuble. Pour la première fois, il a senti son esprit se dégourdir un petit peu. Ils s'étaient fait des passes. Son frère avait eu l'idée de lancer le ballon du toit pour voir jusqu'où il irait.

— Imagine qu'il atterrisse sur le toit de l'immeuble en face, ce serait trop cool.

— Et comment on va le récupérer ?

Ils ont continué à se faire des passes, le soleil sur la peau. Après ils se sont allongés pour regarder le ciel s'assombrir.

Les cris viennent d'abord, repris à chaque coin de rue, de guetteur en guetteur. Ensuite, décalé d'une dizaine de secondes, arrive le bruit lointain des hélicoptères, encore invisibles dans la faible lueur du soir tombant. Un bandeau rouge se tisse sur l'horizon. Au loin, les deux garçons aperçoivent trois points noirs. Trois points qui deviennent trois insectes, aux ailes giratoires. Trois insectes. Trois machines volantes hypermodernes au-dessus d'une métropole, et deux enfants qui leur font face en haut d'une barre de HLM. Le garçon guette l'horizon, un ballon aux coutures défaites sous le bras.

Le pilote du premier hélicoptère regarde brièvement l'écran qui lui transmet les images de la caméra infrarouge : deux formes humaines, debout sur un toit, entre les conduits de ventilation. Deux silhouettes, la tête et les bras rouge et jaune, et le reste du corps bleu et vert. Toutes les deux ont une tache éblouissante au milieu de la poitrine qui se contracte, se dilate sous ses yeux. La plus grande avance d'un pas. Elle tient un objet rond et bleu entre les mains.

Le garçon frappe le ballon de toutes ses forces vers le haut.

Marie ne répond pas au téléphone. Les derniers rayons, longs et éblouissants, traversent le Bassin parisien ; Pierre sort une paire de lunettes de soleil de la poche de sa veste qu'il a fermée jusqu'au cou sur son torse nu. Julien remarque de petites taches ovales couleur rouille sur sa nuque et en dessous de son oreille. Il met une seconde à comprendre qu'il s'agit de gouttelettes de sang, témoins de la fine brume rouge qui s'est échappée du trou dans la tête de SDMJ. Il se gratte le dos de la main gauche.

Julien pense à Marie, Marie qui ne répond pas. Marie sur la digue de Brest. Elle marchait devant lui. Il y avait une fine pluie dans l'air gris. La mer dans l'anse du port ressemblait à du ciment liquide. Marie s'est retournée et l'a regardé. Elle lui a souri, mais son sourire n'a pas atteint ses lèvres.

Julien fait glisser son doigt sur l'écran de son portable, tape le code pour le débloquer, écrit un message sur WhatsApp :

« Tu es fâchée ? C'est encore à cause de l'autre soir ? Réponds, s'il te plaît. »

Le soir du barbecue, avec Gabriel, ils ne se sont pas disputés. Mais il y a quand même eu, pense Julien, un moment où la situation a vacillé. Où elle aurait pu basculer. Un vacillement que Marie a perçu. Elle lui a posé des questions, plus tard, dans la cuisine.

— Rien. J'ai rien dit du tout, a-t-il expliqué.

Marie est sortie sans dire un mot, et il est descendu rejoindre Pierre qui l'attendait dans la voiture.

Julien n'a pas bien compris ce moment de bascule sur le balcon. Ils avaient fini de manger. Les deux sœurs s'étaient levées pour débarrasser la table et il avait ressorti son paquet de cigarettes et tendu à Gabriel qui en avait pris une.

— Dis. C'est censé vouloir dire quoi, « la pointe acérée » ?

— J'aurais pas dû dire ça, je suis désolé.

— Non. Vas-y. Explique-toi.

Gabriel avait hésité quelques secondes. Puis avait expliqué :

— Ça veut dire que vous êtes la force de frappe. Que ça discute pas. Que ça y va sans pouvoir poser de questions.

— D'accord. Et l'État, il est quoi pour toi ?

Gabriel avait de nouveau attendu le temps de deux ou trois taffes sous l'œil fixe de Julien, avant de répondre calmement :

— L'État est un dieu mortel.

Dans la voiture, Julien sent sa gorge et sa poitrine se serrer. Il regarde bêtement l'écran d'accueil de son téléphone. Il veut écrire encore autre chose. Quelque chose de plus juste, de plus tendre, de moins agressif. Il appuie sur le message envoyé et l'efface. Il met le téléphone en mode silencieux et baisse sa vitre.

— J'ai envie de me laver les mains, dit-il à Pierre en respirant l'air froid qui emplit l'habitacle de bruit.

— Tu peux prendre du gel hydro-alcoolique dans la boîte à gants.

Les cris des guetteurs ont précédé les hélicoptères qui survolent désormais le quartier. Les cris se sont tus, puis ont recommencé lorsque le cortège blindé est entré dans les rues.

Près de la bouche du métro, derrière un centre commercial défraîchi, l'homme aux chiens dort dans son appartement vide. Il ne porte aucun vêtement sauf un bracelet électronique autour de sa cheville. Depuis sa sortie de garde à vue, il a passé la journée à dormir et à fumer du cannabis. Il a appelé la police pour avoir des nouvelles de ses chiens. Sans succès. *C'est comme s'ils n'avaient jamais existé*, a-t-il pensé, dans son deuil tamisé par la drogue. Il fume et il dort. *C'est comme s'ils les avaient fait disparaître sans la moindre trace*. Des images vagues traversent son esprit, des images de cendres et de grillages. D'acier inoxydable et d'une eau très profonde et très froide.

Il a mis de la musique. Des basses dures, mais organiques desquelles émane une tristesse sans fond. La musique lui a procuré quelques minutes, peut-être une heure, de consolation. Son voisin est venu frapper à sa porte, un couteau à la main. Depuis, il tue le silence en fumant et en dormant plus encore.

Le cortège est arrivé dans le quartier vers 23 heures. Le bruit des rotors est passé au-dessus des toits, du centre commercial ; il est entré dans son sommeil ; et reparti, sans le réveiller.

Le texto qu'il a envoyé à son retour a mis une partie du quartier en mouvement. Il tient ce téléphone de quelqu'un qu'il connaît du collège et qu'il voit de temps en temps dans le quartier, près du métro, devant la basilique ou le supermarché. Il y a quelques semaines, cette connaissance est apparue chez le type qui lui vend de la drogue. Assis sur le canapé, cet homme a été le témoin silencieux de la transformation de la valeur d'un billet de cinquante euros en un sac en plastique transparent garni de bourgeons verts et légèrement violacés. En sortant, son copain de collège l'a suivi et lui a passé le vieux Nokia 3310. Un téléphone qu'il a caché avec la drogue sous la baignoire.

« Si jamais tu as besoin de quelque chose, a-t-il dit. Tu nous dis, et on s'en occupe. »

Quand il est retourné chez son dealer, l'autre n'était plus là. Trois jours après, Julien et Pierre ont perquisitionné avec leur équipe son appartement au troisième étage d'un immeuble insalubre. Ils n'ont trouvé ni le téléphone ni la drogue.

Lorsque le bruit des hélicoptères revient, toute la rue est illuminée par le va-et-vient bleuté des gyrophares. Dès son entrée dans le quartier, la colonne de véhicules a été accompagnée par une pluie intermittente de projectiles. Les cailloux et bouteilles rebondissent sur la surface blindée sans laisser de traces.

L'impact d'une machine à laver jetée du cinquième étage réveille le coursier. L'air dans la chambre picote légèrement. Il a rêvé de ses bêtes. Elles étaient enfermées dans une cage beaucoup trop petite. Elles aboyaient. Dans le rêve, il entendait le clapotis d'un jet d'eau faible dans un bol en acier. Les chiens ont commencé à se mordre entre eux. Un à un, tandis que le bol se remplissait, ils se sont effondrés, le cou en sang. Au moment où l'eau allait déborder, la machine à laver s'est fracassée sur le bitume. En ouvrant ses paupières gonflées, l'homme voit encore le museau ensanglanté du chien survivant, gémissant devant son dernier frère mort.

Les sentinelles qui ont fait passer le signal se sont mises à rejoindre ceux qui ont attendu le cortège dans le quartier. La pluie de projectiles ne s'arrête plus. Le bleu des gyrophares tourne au cœur d'un nuage de fumée. Une bouteille enflammée éclate sur le toit d'un des véhicules blindés. Les flammes se répandent sur sa carapace bleu marine. Puis elles meurent, comme si de rien n'était. Dans les deux sens de la rue, les blindés avancent en dégageant de grandes quantités de gaz. Les gyrophares des fourgons qui glissent dans le brouillard semblent être des bouées au milieu d'un océan épais et gris.

À l'intérieur de l'appartement, le bruit des projectiles diminue et le picotement augmente. Pris de stupeur, l'homme aux chiens met quelques secondes à entendre le vieux portable. La sonnerie retentit dans l'espace creux en dessous de la baignoire.

En bas de la rue, les hommes de l'unité d'intervention se mettent en ordre de marche quand un autre cocktail Molotov est jeté d'une fenêtre du deuxième étage. Il fait une courbe haute et longue. Un arc parfait. La bouteille éclate derrière la première rangée de fourgons, au milieu d'un groupe de policiers. Sous leurs casques, les cagoules de deux agents se transforment immédiatement en masques démoniaques. Des masques qui semblent vouloir dévorer les têtes de ceux qui les portent. Les flammes brûlent autour des trous de la bouche et des yeux. Des visages sans bouche, sans yeux. Des bouches et des yeux sans visage. Jaunes. Incandescents. Déformés par les hurlements qui se mêlent au bruit des gyrophares.

Au moment des premières détonations, l'homme aux chiens est agenouillé à côté de la baignoire. Le sol de la cuisine s'effondre. Une vague d'eau jaillit du mur. La déflagration qui le propulse à terre est tellement proche qu'elle lui crève les tympans. Dehors, une voix crie des ordres. À travers le mégaphone, elle s'adresse directement à lui. De la fumée noire sort des fenêtres du deuxième étage.

Une autre courbe parfaite part d'une des fenêtres noircies. La bouteille, oiseau transformé en flambeau, est suivie par d'autres arcs de feu qui brillent dans le bloc de nuit entre la rangée de fourgons et l'immeuble. Des arcs qui s'achèvent sur le macadam. Qui font de la rue un fossé enflammé.

C'est précisément à cet instant que les policiers commencent à mitrailler la façade. Ils ne cesseront plus pendant près de deux heures.

Dans l'appartement du suspect, l'eau coule du plafond. S'il s'approchait du seuil de la cuisine pour jeter un regard vers le bas, par le trou béant, il verrait le locataire du deuxième étage gisant sur le sol.

Dans la salle de bains, il semble pleuvoir à l'intérieur. Recroquevillé dans la baignoire, le suspect serre le rideau de douche contre sa poitrine. Le monde autour de lui se résume désormais à cette grotte sous-marine. Il n'entend pas l'eau couler. Il n'entend pas la respiration de l'homme agonisant en dessous de lui s'éteindre. Il n'entend pas les ordres enragés venus du dehors s'intercaler entre les explosions et les rafales. Ses larmes se perdent, lavées par cette pluie éruptive qui se déverse du plafond et s'accumule au sol.

Les ondes de choc d'une autre grenade font vibrer la baignoire. Elle est une cloche, blanche et muette. Une cloche fendue. Comme la vie qui s'y love encore à cet instant. Apeurée. Déchue. Nue.

Julien et Pierre sont arrivés sur place, et Marie ne répond toujours pas au téléphone.

Julien pense à Marie sur la digue. Il marche derrière elle. Sa mère s'accroche à son bras. Sa mère dont le regard s'arrête sur elle, qui se retourne et dont les yeux esquissent un sourire qui n'atteint pas ses lèvres. Julien suit le regard de sa mère qui ne regarde pas le visage de Marie, mais le milieu de son corps, son ventre plat sous la doudoune.

Le lendemain, ils sont partis tous les deux sur la côte. Ils sont allés aux Blancs Sablons pour voir cette plage vide au blanc magnésique, les vagues qui y déferlent sans pitié. Puis à Plouarzel, pour suivre le littoral, la dernière crête de terre avant l'océan. Julien connaissait bien le sentier qu'ils étaient en train de descendre. Adolescent, il l'avait souvent emprunté avec ses cousins. Il a raconté cette époque à Marie, la façon dont la mer lui manquait parfois presque physiquement à Paris.

« La mer et la nuit, il lui a dit. Ici, quand la nuit commence à tomber, il faut se dépêcher de rentrer. S'il fait nuit, il fait *nuit*. Pas de lumière ambiante. Pas de lumière résiduelle comme à Paname. Quand il fait nuit, il ne reste que la lumière du briquet que tu tends devant toi et dont la flamme arrache des petits bouts de monde à l'obscurité.

Tu vois les rochers, les fougères le temps d'une seconde, l'image persiste sur ta rétine, puis elle est remplacée par une autre. Ton briquet est la seule chose qui te protège, tout en te brûlant les doigts. »

Sur le littoral, devant la mer et le ciel gris, le sourire de Marie a illuminé son visage entier.

Julien ne lui a pas raconté la véritable histoire, l'expérience du noir total, les instants d'obscurité et de peur purs auxquels il pense en arrivant sur les lieux.

Avec ses cousins, un jour, ils avaient descendu le sentier jusqu'à une brèche, où la Wehrmacht avait rompu le rocher. Derrière les ronces se trouvait une porte. Il l'avait ouverte et était allé seul dans le couloir absolument noir. Les autres n'avaient pas voulu. Il avait fait une dizaine de pas à l'intérieur. Confinée dans le mur, par le béton et le rocher, par le noir, la peur avait explosé dans sa poitrine.

Les deux enquêteurs sont arrivés à un moment où le siège était déjà bien avancé. Ils se sont garés à cinq cents mètres et sont allés à pied jusqu'à la barrière de sécurité érigée au bout de la rue. Un ruban en plastique. Des agents cagoulés devant les blindés, des fusils d'assaut entre les mains, aussi noirs que leurs uniformes.

Une nuit sale, pense Julien. Il s'est arrêté à côté des blindés, bien loin des tirs incessants. Pierre l'a regardé. Puis il l'a dévisagé. Il s'est dirigé vers les tirs.

Dans le bunker, Julien avait perdu la notion du temps. Aucun bruit de l'extérieur n'y entrait. L'espace n'y était qu'une grande brique noire et ses deux cousins avaient cessé d'exister. En regardant Pierre franchir la barrière, Julien sent pour la première fois depuis une bonne quinzaine d'années la trace de ce moment en lui. Une trace, un souvenir qui se déploie tout à coup pour se poser sur cet instant précis.

Quand les tirs cessent peu de temps après, toute la façade de l'immeuble est détruite. De la fumée noire sort de ce qui reste des fenêtres des deuxième et troisième étages. Devant lui, Julien aperçoit Pierre parler à un agent cagoulé de l'unité d'intervention près de l'entrée, à côté de cinq ambulances. Leurs gyrophares tournent en silence. Le goudron sous ses pieds est brûlé. Un autre agent demande une bouteille d'eau à un des ambulanciers. Il enlève sa cagoule en s'asseyant par terre. Il verse de l'eau sur ses cheveux courts avant de vider la bouteille en quelques gorgées.

— Apparemment, il y a une tête qui traîne, dit Pierre en ramassant une douille par terre. Il la tient entre son pouce et son index avant de la glisser dans sa poche.

— Quoi ? demande Julien.

Pierre se retourne ; les gouttelettes oxydées forment une cascade qui part du lobe de son oreille droite ; elle s'enroule autour de son cou pour disparaître derrière le col de sa veste.

— Les mecs de l'unité d'intervention sont montés. Il y a une tête de trop.

— Je comprends pas ce que ça veut dire.

— Je vais le dire autrement : il y a un corps qui a perdu sa tête. Au deuxième étage, ils ont trouvé une tête, mais pas le corps qui va avec.

Peu de temps après, la police scientifique commence son travail. Quand le premier de ces anges aseptisés, le visage caché par le masque de protection, enrobé dans sa combinaison blanche, a ouvert la porte de l'appartement ravagé de l'homme aux chiens, le sol a failli céder sous ses pas. L'eau grise a déferlé dans la cage d'escalier. Ils ont dû avancer à tâtons.

Ils ont retrouvé le corps dans la baignoire. Couvert de gravats. Trempé. La tête entre les genoux, et le téléphone serré contre sa poitrine.

Au moment où le cadavre est étendu sur un brancard et recouvert d'un sac mortuaire, Julien est assis sur le trottoir devant l'immeuble. Il est trois heures et demie du matin. Pierre et Julien ont passé les dernières heures à observer les équipes sécuriser les lieux. À passer quelques appels, à interroger les agents sur place. À faire un rapport détaillé au procureur sur FaceTime de ce qui s'est passé à la prison. Il n'a pas cillé lorsque Julien lui a décrit les circonstances de la mort de SDMJ.

— C'est malheureux, mais c'est comme ça, a dit le procureur d'une voix rauque. Comment ça aurait pu finir, sinon ?

— C'est ce que je vous demande, monsieur, a répondu Julien.

— Vous avez détruit les images ?

— Oui.

— Tant mieux.

Et le procureur a raccroché.

Le reste du temps, Julien a dû supporter le silence inexpliqué de Marie.

Quatre anges blancs aux visages masqués portent le brancard dans la cage d'escalier.

Julien est assis sur le trottoir et presse le téléphone contre son oreille. Il écoute la voix parler en faisant oui de la tête. Coupé du monde, il n'enregistre pas la moindre image.

Il écoute la voix parler. Julien écoute et fait oui de la tête. Il entend les mots-clés. « Accident », « renversée », « trauma crânien », « votre femme ». Il les relie les uns aux autres pour saisir le sens de ce que l'infirmière est en train de lui expliquer. Il fait oui de la tête en pressant le téléphone contre son oreille.

— Monsieur, vous m'entendez ?

Julien fait oui de la tête.

— Monsieur ?

— Oui.

— Je ne vais pas vous mentir, elle est dans un état critique.

— Oui.

Les quatre anges glissent le brancard dans une des ambulances et referment les portes sur lui.

— Excusez-moi, mais je ne peux pas parler, dit Julien. Je suis encore au travail.

VII

Dans la journée, après une nuit d'insomnie, Julien passe quelques appels. Il parle à Manon pendant une bonne vingtaine de minutes en lui donnant une description détaillée de l'état de Marie, des échanges qu'il a eus avec les médecins et le personnel paramédical, avant de lui dire qu'il a besoin de se reposer. Ensuite il appelle sa mère, pour la première fois depuis leur dernière visite quelques semaines auparavant, pour l'informer de ce qui est arrivé. Il abrège le récit en laissant de côté tout ce qui pourrait trahir un quelconque sentiment. Il n'est pas habitué à être à la maison pendant la journée, *a fortiori* tout seul. Par intermittence, il fait des tractions sur une barre coincée dans l'embrasure de la porte de cuisine qui lui a été recommandée par Pierre et qu'il a commandée sur Amazon. *Grease the groove*, comme on dit en anglais, il a regardé une vidéo expliquant cette technique d'entraînement, également recommandée par son partenaire. Il appelle Pierre, voudrait parler du travail pour se distraire, de la musculation ; Pierre ne répond pas.

Le soir, il essaie de regarder la télé, mais en apercevant les images de la chaîne d'information en continu que Marie a regardées ce matin-là avant de partir, le bandeau typique de la chaîne, le plateau d'experts, un député défendant une loi dont les implications bien réelles lui restent énigmatiques, il l'éteint immédiatement. Il passe les heures suivantes dans une passivité totale, allongé sur le dos, l'ordinateur portable sur le ventre. Il enchaîne vidéo sur vidéo sur YouTube, un flux d'images dont les couleurs se confondent dans un blanc qui comble le vide des minutes. Une seule image fait exception. Il est en train de regarder une espèce d'anthologie sur « les lieux les plus fous du monde ». Y apparaît, en septième place, situé sur l'île de Runit dans le Pacifique, un gigantesque dôme de béton recouvrant environ 73 000 mètres cubes de déchets nucléaires. Quelques jours plus tard, lorsqu'il fera la queue dans la cafétéria de l'hôpital, une autre image émergera un instant derrière ses paupières : celle d'une fissure s'étendant en étoile sur une surface bombée.

Vers 3 heures du matin, Julien décide d'aller courir.

Il court jusqu'à l'essoufflement total, sans regarder ce qui l'entoure. Seuls résonnent sa respiration et le bruit de ses pas. Il n'écoute pas de musique. Il ne réfléchit pas.

Sans pouvoir dire comment et après avoir zigzagué pendant presque deux heures, il se retrouve le long du canal de l'Ourcq vers l'est. À bout de forces, quelque part dans une zone industrielle. Ses jambes tremblent. Il a envie de vomir. Dans l'obscurité impersonnelle, des grues se dressent au-dessus de l'eau noire du canal. Noire comme du pétrole. Julien écoute son cœur battre. Des deux côtés, il voit les lumières de la ville longer le canal et ses quais.

Les jambes meurtries, il arrive en bas de son immeuble au lever du jour. Il se couche sans se laver et s'endort immédiatement.

L'après-midi, il va voir Marie à l'hôpital, lui raconte qu'il a parlé avec Manon, qu'elle et Gabriel vont bien, qu'ils referont une soirée lorsqu'elle sortira.

— Je serai moins con, promis.

Il ne lui parle pas de sa course nocturne.

Assis sur le rebord de la baignoire, il écoute le message vocal de la secrétaire de Clichy-sous-Bois et note chaque syllabe bégayée dans un carnet. Il allume la télé, éteint le son, ne regarde pas. Julien essaie d'écrire une réponse, il note des bouts de phrases, tente de formuler une pensée cohérente. Il arrache les feuilles du carnet et les jette dans les toilettes sans tirer la chasse d'eau.

— Je vais peut-être même lire du Spinoza, comme ça je pourrai discuter avec Gabriel, la prochaine fois. Sans m'énerver, promis, dit-il à Marie.

Il a trouvé un bouquin de Spinoza sur Amazon, en a lu les premières pages gratuites sur le site. Il n'a rien compris. Il ne parvient pas à dire à Marie qu'il a peur.

Il est assis sur le canapé en train de prendre des notes, de se creuser la tête, lorsque la lueur rouge de la télévision attire son attention. Quelque part en Amérique du Sud des émeutiers ont mis le feu au siège de la compagnie nationale d'électricité. Une grande tour est en flammes ; en bas, la foule semble bourdonner comme une nuée d'insectes attirés par la lumière.

Intelligence d'essaim, pense-t-il, sans trop savoir pourquoi. *Ce sont eux qui ont créé cette lumière.* Le temps d'une minute, il remet le son. « Augmentation du prix de 50 % », « violence extrême », « couvre-feu ».

Julien s'endort le poste allumé. Il se réveille tôt le lendemain, un extrait passe en boucle à la télé. Le ministre, à la sortie d'une réunion exceptionnelle du gouvernement, annonce à 6 heures du matin que l'enquête a été un succès et qu'elle a dévoilé des éléments indiquant que des « forces extérieures au pays » auraient participé aux événements de la semaine précédente. Les ministres des Affaires étrangères et des Armées élaborent une stratégie de réponse pour éliminer la « menace exogène ». « Tel qu'il l'a fait sur son propre territoire la nuit dernière, l'État saura réagir avec la plus grande fermeté à l'étranger », conclut-il.

Julien observe cet homme prendre la parole et endosser la responsabilité de tout acte accompli dans le cadre de cette enquête. Cet homme qui a acquiescé face à la demande de son secrétaire d'État. Une demande qui s'est appuyée exclusivement sur le récit de Julien, pour donner suite à un mouvement déjà lancé. À la fin de cette vidéo d'une trentaine de secondes, au moment où le ministre se tait et regarde brièvement les caméras qui le filment, Julien voit son expression vaciller. Le temps d'une seconde fulgurante, son visage communique un désespoir confus.

Pendant une bonne demi-heure, Julien regarde cette séquence en boucle. Toutes les trois à cinq minutes, la chaîne la rediffuse. Il décide d'ignorer les commentaires qui s'intercalent et qu'il trouve bêtes et tendancieux, car chaque fois, son impression s'affirme plus clairement, plus sûrement. À la fin, au moment de se taire, le ministre est au bord des larmes. Il se tait pour que les larmes ne se glissent pas dans sa voix. Pour que le désespoir et la confusion ne se voient pas à l'œil nu. Il se tait pour ne pas craquer. *Une avalanche l'emporte*, pense Julien, en regardant le ministre. *Une avalanche s'abat sur nous, et elle n'est pas près de s'arrêter.*

La nuit suivante, Julien ne peut pas courir, il a trop de courbatures. Pourtant, il apprécie cette douleur. Debout, dans le métro pour se rendre à l'hôpital, il la sent à chaque instant. Elle lui remonte jusque dans le dos. Cette nuit-là, il ne dort pas du tout. Il a l'impression que le temps ne s'écoule pas ; qu'il s'amasse au fur et à mesure que son esprit se disperse. Il regarde un porno sans éprouver la moindre envie, par simple et écrasant ennui. Son orgasme est plus douloureux qu'autre chose. Il regarde les vidéos de *shibari* de l'homme aux chiens. Pierre les a mises sur une clé USB, les a envoyées à toute l'équipe. Dans le silence, il contemple les corps disposés, liés, accrochés, dans l'immobilité extrême. Le processus, le rituel ne l'intéressent pas, il est seulement intrigué par le résultat, le corps lié par la corde, livré au temps et à la douleur. Il y en a pour cent heures, Julien laisse les vidéos défiler, des femmes ligotées suspendues par une jambe, par une corde nouée dans leur dos, par les mains. Une vidéo le captive tout particulièrement. Une jeune fille asiatique, sans doute japonaise, il ne sait pas, semble planer dans le vide d'une salle blanche. Mise à nu, attachée, comme toutes les autres, dans l'extraordinaire nudité de la pièce. Et au fur et à mesure des minutes qui passent, Julien découvre un froissement léger sur le front de la fille et autour de ses narines. Puis elle fixe directement la caméra. Julien attend qu'elle cille, les secondes passent et à sa grande surprise, c'est lui qui finit par baisser les yeux, qui ne supporte plus le poids de ce regard noir. Quand il relève de nouveau la tête, la fille s'est tournée dans l'autre sens. Il remet la scène au début, scrute l'image, résiste. Il a l'impression qu'elle tourne son visage pour cacher ses larmes.

Au petit matin, il essaie de faire des tractions, s'arrête à trois. Il se sent comme alourdi par la fatigue. Il va à l'hôpital le plus tôt possible et s'endort sur le fauteuil à côté de Marie.

La nuit d'après, Julien court. Il a passé la soirée avec sa bite dans la main à explorer les sites pornographiques qu'il a l'habitude de consulter. Il finit par être dégoûté par ces corps exposés, leurs attitudes artificielles, leurs orifices béants explorés de vidéo en vidéo. Il est dans le noir, tout écran éteint, sa demi-molle dans la main droite. Il ne réussit pas à faire surgir la moindre image érotique derrière ses paupières fermées.

Il est en train de courir près de la place de la République, vers le quai de Valmy, quand un policier l'interpelle.

— Arrêtez-vous.

— Je suis policier aussi.

— Arrête de courir.

— Moi aussi je suis policier.

— Arrête de courir, fils de pute.

Entre deux battements de cœur, deux respirations, deux pas, Julien imagine que l'autre braque son arme sur lui, qu'il tire et lui fait exploser le crâne. Il s'arrête et se retourne.

— Je m'appelle Julien Précieux, je suis commissaire de police, bordel de merde. File-moi ton putain de nom et ton matricule.

« Petit connard de merde, dit Pierre au téléphone quand Julien lui raconte l'incident le lendemain matin. Petite frappe.

— Oui. Quel con. Il a trouvé ça louche que je coure la nuit. »

Julien, en face du policier, les poings serrés, à deux doigts de le frapper :

— Tu vas me ramener à la maison. Je suis fatigué maintenant.

Le lendemain, la douleur l'empêche de courir. Il se rappelle les cachets que Marie a obtenus par une amie interne. Il en prend deux, au pif.

Cinq heures plus tard : des draps retournés, trempés de sueur. Une porte à moitié ouverte. Le bruit de l'eau qui coule. Julien, sous le jet glacé de la douche, lutte pour ouvrir les yeux.

Le matin, il est trop épuisé pour rendre visite à Marie. Il appelle Manon pour lui demander de s'y rendre à sa place.

— Ça va, toi ?

— Non.

— Moi non plus.

Il ferme les volets, éteint toutes les lumières, se couche, et allume l'ordinateur. Il ouvre YouTube, l'algorithme qui a fait son travail, lui propose un nouveau choix de vidéos. Julien se dit qu'il a dû accumuler des dizaines d'heures de visionnage ces derniers jours. Il sait qu'il existe une option pour connaître ses statistiques, mais il décide de l'ignorer.

Il clique sur une vidéo intitulée *Le Premier Mort de la guerre*, un film d'auteur, un classique, mis en ligne par son metteur en scène ou le studio qui l'a produit. Il ne sait pas pourquoi la plateforme lui propose ce long-métrage.

Le film suit un petit garçon, quelque part en Europe de l'Est, pense Julien, mais il ne reconnaît pas la langue qu'il parle, elle sonne comme du slave. Le garçon se réveille dans un village abandonné, il y est complètement seul. Julien somnole en le voyant traverser sa maison, descendre dans la rue, errer dans le village. Il finit par arriver sur une place. Une première scène sort un peu Julien de sa torpeur, lorsque le garçon entre dans la vieille église de campagne et monte les marches jusqu'à l'autel. En se retournant vers la caméra, il tend les bras sous la croix. L'image reste immobile durant quelques secondes, Julien en est un peu ému, ça fait longtemps qu'il n'est pas allé à l'église, mais l'image de cet enfant ouvrant les bras face à la nef vide le touche. Soudain, le garçon change d'attitude, il courbe les bras, baisse légèrement la tête et commence à tourner lentement en rond. On entend quelques notes ressemblant au début de *La Marseillaise*, puis Julien est sûr que le garçon danse sur une version ultra-ralentie de *Sur le pont d'Avignon*, en mineur. La danse lui semble belle, belle et triste.

Ensuite, la caméra embrasse le regard du garçon, qui est sorti de l'église. On aperçoit d'abord une bruyère. Les fleurs des champs jaunes et blanches poussent dans tous les sens, les herbes aux pointes desséchées s'élancent vers la lumière intense et dorée d'un jour d'été. Durant quelques secondes, entre le jaune et le blanc des pétales, le vert et le brun des tiges, tout semble s'alléger. Un entrelacs d'air et de rayons lumineux, suspendu sur la rétine de Julien, rassemble son esprit, lui redonne un peu de consistance.

La caméra s'élève : Julien observe le garçon traverser la bruyère sans toucher aux plantes, il a l'impression que celui-ci essaie d'éviter soigneusement d'abîmer la moindre tige et même les brins d'herbe, les feuilles tombées, et les insectes sur le sol. À la lisière du champ, de l'autre côté, se trouve une grange délabrée. Le garçon franchit la barrière en morceaux et monte au fenil. C'est en haut, posée contre les planches, qu'il trouve la dépouille. « Le premier mort de la guerre » qui donne son nom au film. Le garçon s'approche de lui, le touche, le secoue. Julien ne comprend pas ce qu'il dit, il ne saurait pas dire s'il l'a reconnu. Reconnu comme quelqu'un qu'il aurait connu avant qu'il ne meure, reconnu comme ce qu'il est, le premier mort de la guerre et donc reconnu comme messager dont le corps mort même est le message : la guerre est là. C'est un temps suspendu ; la lumière, abondante, entre par les fentes du toit, touche ce corps mort assis contre les planches ajourées. Puis le garçon se retourne et fixe la caméra. Il lève les yeux, la caméra suit le mouvement de ses prunelles, il regarde le plafond du fenil et soudain il n'y a plus ni toit ni planches, la grange entière disparaît, le mort disparaît, le garçon lui-même se dissout dans la lumière.

Julien se lève pour boire de l'eau dans la cuisine ; il laisse le verre vide dans l'évier, enfile son survêtement et sort courir.

Le lendemain, bien après sa visite, l'hôpital l'appelle tard dans la soirée : Marie doit changer de service. Désormais, il devra porter une combinaison stérile pour la voir. Il envoie un SMS à Manon pour la prévenir.

Vêtu d'une surblouse bleu ciel, Julien est assis à côté de Marie. Il porte des gants en caoutchouc de la même couleur. Elle est désormais sous respirateur artificiel.

— J'ai vu un film que j'ai pas compris. Je suis tombé dessus par hasard. C'est un truc politique. Le metteur en scène l'a mis sur YouTube pour le rendre accessible gratuitement. Je l'ai pas compris. Mais c'était très beau. Ça m'a fait penser à la Bretagne, même si c'était pas du tout pareil. Mais c'était le même calme. Comme celui d'une forêt de fougères, à quelques mètres de la mer. J'aurais aimé, j'aurais tellement aimé le voir avec toi.

Le soir, Julien tente de regarder un documentaire sur le réalisateur du film. C'est un vieil homme qui parle, dans une mise en scène assez loufoque, au milieu d'une pièce exiguë, grise et dont la seule fenêtre donne sur la Cinquième Avenue de New York peinte en trompe-l'œil. Ce n'est pas un entretien, mais un monologue très écrit qui commence par :

> Des abîmes qui se contemplent eux-mêmes dans la réflexion d'un écran. Tout est surface, pellicule, film. Si quelque chose peut être filmé, pris en photo, le film, la surface y est d'emblée contenu. De nos jours, c'est la condition suprême de toute existence. Des publicités, des visages dans les photos numériques qui peuplent les réseaux sociaux. Des bactéries, des molécules, des atomes sous un microscope ultra-puissant. Le col d'un utérus. L'urètre d'un homme pénétré par une caméra microscopique et ultra-souple. Un paysage sibérien dépourvu de vie, des troncs d'arbres frêles et noirs, clairsemés dans une plaine de neige. Une météorite explose au-dessus d'une favela brésilienne ; une seule personne filme de son iPhone 3 tandis que les autres fuient. Le monde entier est filmé et filmable. Sinon, il ne reste que des taches aveugles dans le spectacle, des lieux de meurtre intemporel, oublié dès que commis. Ou pas exactement oublié. Taches vives de vécu dans les têtes, brûlant des trous couleur douleur dans les existences…

Julien trouve ça pompeux et absolument indigeste. Il ferme l'onglet. Il est triste de ne pas retrouver l'émotion du film, l'entrelacs de lumière autour des tiges de la bruyère, ces quelques secondes d'or et de paix, la danse de l'enfant.

Pierre appelle :

— Comment elle va ? demande-t-il. Comment tu vas ?

Julien remet son survêt et fait dix tractions.

Cette nuit-là, il court encore plus loin que les fois précédentes. Il essaie de compter ses pas, « 1 093 », « 9 874 », mais il n'est pas sûr que le compte soit juste. Il court sans regarder ce qui l'entoure. Il a trouvé une playlist sur YouTube qui contient la bande sonore du film. Par intermittence, l'image du garçon qui danse dans l'église vide surgit dans son esprit.

S'il retraçait son parcours grâce à une application de course à pied, il ne saurait pas en tirer le moindre sens. Ce qui compte, ce sont les pas, son souffle rythmique, la douleur qui s'installe dans ses mollets et remonte jusque dans sa colonne vertébrale. L'image du garçon qui tourne en ralenti dans la nef dépeuplée ; son visage illuminé par la guerre qui s'abat sur le pays. Puis surgit une autre chanson qui reprend également quelques notes de *La Marseillaise* avant de se transformer abruptement. Son rythme et sa mélodie sont à la fois fragmentés et organiques, feutrés et profondément sombres. En l'écoutant, Julien a l'impression de revoir la fin du film, la dissolution illuminée et fracassante de l'enfant, du mort et de la grange ; une explosion, une chute, un trop-plein de son et de lumière et tout à coup une voix dont le chant fragile s'impose petit à petit à la respiration régulière de Julien qui court sans regarder son chemin. On pourrait croire qu'il court les yeux fermés.

Quelque part dans le *no man's land*, dans la friche, la zone qui s'étend par endroits entre Paris, le boulevard périphérique et la banlieue, il s'arrête à côté d'un grillage pour vomir. Les larmes aux yeux. Béton et goudron ; il n'y a même pas de trottoir. Debout sur la route à cinq heures et demie du matin, les mains sur les genoux, il vomit ses tripes.

Lueurs, pas trop loin. Le soleil commence à illuminer la couche de pollution qui stagne toujours au-dessus de la ville. Paris. Mais ça pourrait être n'importe quelle autre métropole. Ce qui diffère, c'est uniquement la forme contingente, l'emprise sur les alentours est globalement la même. Labyrinthe éclaté sans issue qui se digère lui-même et s'effrite de façon centrifuge.

Julien balaie du regard les déchets qui jonchent le sol, les prospectus mouillés, un sac en plastique Carrefour, un paquet de clopes écrasé. Il s'essuie la bouche en s'appuyant sur le grillage. Ses doigts passent au travers des mailles et touchent les feuilles d'une plante : une énorme fougère a fendu la nappe du macadam ; elle pousse à cet endroit, entourée de déchets, verte et majestueuse. Ses feuilles s'ouvrent en cascade.

Julien caresse les feuilles archaïques de la plante. Il n'en revient pas. Délicatement, il en arrache une, la frotte entre son index et son pouce.

Au-delà, à cinquante mètres à peine, calées pêle-mêle entre les piliers de la rampe d'autoroute, les bicoques du bidonville. Julien ne les voit pas, il frotte encore la feuille entre ses doigts. Fatigué. Exténué. Ébloui.

À la lisière de son champ de vision apparaissent d'abord trois silhouettes : une femme et deux enfants. Il tourne la tête.

— Bonjour, dit-il.

Ils ne répondent pas. Derrière eux, un homme sort d'une des baraques bricolées en tôle et en bois, une bâche bleue sur le toit. Attentif, il observe Julien, dit quelque chose à la femme qui prend les deux enfants par la main et les guide vers la baraque.

— Qu'est-ce que tu veux ? demande l'homme.

— Rien. Rien. Excusez-moi.

Julien glisse la feuille de fougère dans sa poche et se remet à courir.

De nouveau intra-muros, il s'arrête et sort son portable. Il songe à appeler le 17 pour se faire ramener à la maison. Il fait défiler les icônes sur l'écran et tombe sur une application qu'il avait oubliée, Marie l'avait installée spontanément un soir quand ils étaient sortis boire un verre avec des amis de passage à Paris. Uber. Julien ouvre l'application, et des voitures grandes comme des fourmis circulent sur la carte de la ville. Il entre son adresse.

Dans la voiture, il s'assoupit.

— Si je puis me permettre : qu'est-ce que vous faites en survêt à cette heure-ci dans un coin comme celui-ci ? demande le chauffeur.

— Comment ?

— C'est pas exactement votre quartier, non ?

— Je connais assez bien, j'y passe souvent pour le travail.

Ensuite ils roulent le long du canal, l'eau, quelques heures auparavant n'était qu'un trait noir dans l'anthracite de la ville nocturne, une longue ligne sombre qui semble maintenant les guider à travers la grisaille légèrement plus claire de la ville.

— Vous allez dans le mauvais sens, non ?

— Non. On peut pas dévier.

— Je reconnais pas le chemin.

— On peut pas, l'appli nous laisserait pas faire. Ils nous tracent, vous savez. En plus, vous me mettriez une mauvaise évaluation et ça me ferait perdre de l'argent.

— D'accord. Je reconnais pas, c'est tout.

— On voit pas énormément de coureurs à cette heure-ci, surtout dans ce coin.

— Et pourtant, dit Julien.

Il repense à l'homme qui a essayé de s'échapper pendant la perquisition, sa course folle dans la cage d'escalier, sa chute. Le sang sur le poing américain de Pierre.

« Si tu cours, tu as forcément un truc à cacher », avait expliqué Pierre.

Julien se rappelle le visage écorché de l'homme, son expression effrayée qui se dissipait au moment où il montait dans le fourgon. Un agent de police posait sa main gantée sur sa tête. La frayeur avait cédé à autre chose, une sorte de mépris qui débordait des prunelles noircies par le croisement furtif de leurs regards, jaillissant d'un recoin dans leur relation, où luisait, sombre, une violence qui traversait leurs deux corps. Une violence qui les avait dressés l'un contre l'autre, en posant sa rigueur monolithique sur les épaules des ces hommes qui se sont toisés ainsi, dans le clair-obscur du fourgon, pour se perdre de vue ensuite.

La veille de cette perquisition, c'était le barbecue avec Manon et Gabriel. Sur le balcon, Gabriel lui avait confié ses craintes, craintes auxquelles Julien n'avait rien compris et qui lui semblaient un petit peu plus claires aujourd'hui.

La ville défile et Julien ferme les yeux comme s'il ne voulait jamais les rouvrir.

« Dans un monde de terreur, chacun peut, à tout moment, devenir l'agent d'une cause interdite, a dit Gabriel. Chacun peut, par ses gestes et pensées, être désigné comme l'ennemi.

Mais ma vraie peur ne vient pas de là. Elle vient de ce qui pourrait venir *après*.

— Après ? avait demandé Julien, en empilant tant bien que mal les saucisses grillées sur une assiette.

— Oui. Après. Un après où tu peux être désigné comme ennemi sans même avoir besoin d'agir parce que l'ennemi agit en toi. Indépendamment de toi et de ta volonté. Un virus. Une bactérie. La radiation. La fièvre. Tu es touché par cet ennemi comme par la Grâce de Dieu. Comme par la Grâce, tu es marqué et tu ne peux rien y faire. Et une fois désigné comme ennemi, toute cette machine dont tu es un rouage pensant, se met en mouvement.

— Sincèrement, Gabriel, tu es sympa. Mais là tu me perds, a dit Julien en croquant dans une chipolata légèrement brûlée. »

Ces paroles résonnent en lui pendant le trajet en Uber. Il s'est assoupi, et tout à coup il frémit, comme s'il avait froid et il dit au chauffeur :

— Je me suis trompé d'adresse. Excusez-moi.

Julien donne l'adresse de l'hôpital. Ils y arrivent à 6 h 15 du matin. Il attend deux heures dans le hall en dormant sur une chaise.

En arrivant dans la chambre, il pose la feuille de fougère sur la petite table à côté du lit de Marie.

— On devrait aller en Bretagne pendant une semaine, nous reposer, mon amour. (Il s'assied.) Je suis fatigué.

J'ai envie de mourir, parfois.

Il regarde ses mains. Des cales se forment sur ses paumes à cause des tractions.

De retour chez lui, il fait cinq tractions avant de prendre une longue douche chaude. Ses mains lui font mal. Il regarde la buée se poser sur le carrelage.

Le lendemain, très tôt, Julien décide de courir de chez eux jusqu'à l'hôpital. Au lieu de compter ses pas, il se concentre sur sa respiration, essaie de s'absorber dans le va-et-vient de l'air inspiré, expiré, d'y trouver un état d'esprit qui serait à la fois vide et plein. Il échoue définitivement au moment où il traverse un feu au rouge et doit esquiver un bus klaxonnant. Il fait deux pas rapides en arrière en voyant les grimaces muettes du conducteur derrière son pare-brise.

Il court sur le boulevard de la Chapelle, près de la station Stalingrad dont le nom lui évoque immédiatement les sensations de la neige. Un paysage nappé de blanc, surplombé par une tempête opaque de particules cristallines. La froideur brûlante d'une boule de neige tenue trop longtemps dans une main d'enfant. La boule de neige se fait braise. La petite goutte d'eau glaciale sur la langue lorsqu'un des milliers de flocons y atterrit.

Il s'arrête sur le pont qui enjambe les rails de la gare du Nord pour reprendre son souffle ; il contemple les câbles suspendus, les écoute « chanter », comme chantent les grillons. L'air tremble sous le pont. Pendant un instant, il se demande si l'électricité statique pourrait empêcher ceux qui sautent du pont de toucher le sol.

Il se dit que la mer lui manque.

Julien attend devant l'entrée de l'hôpital, les mains dans les poches en regardant les gens autour de lui, patients, visiteurs, aides-soignants. Il demande une cigarette à un infirmier et du feu à un vieillard perfusé assis sur un banc et qui fume tranquillement sa pipe.

— Ceci n'est pas une pipe, si jamais ma femme vous demande.

Julien ne réagit pas à la blague. Il inhale la fumée et se met à tousser.

— Vous débutez ?

— Merci pour le briquet.

Il fume la cigarette jusqu'au filtre. La dernière taffe est chaude et lui écorche la gorge. Il a mal aux mains, ses mollets tremblent un peu. Il ne se souvient pas d'avoir mangé ces dernières quarante-huit heures.

Assis à côté du lit, il regarde le corps immobile de Marie, son visage inexpressif. Une vie nue. Il entrevoit la chair à vif dans les petites fissures qui fendent ses lèvres desséchées.

Quand il est entré, une infirmière était en train d'y appliquer de la pommade antimycosique.

— C'est inévitable, a-t-elle expliqué. C'est comme les escarres.

— D'accord, a-t-il dit.

Il l'a frappée une seule fois, il y a longtemps. Une seule baffe. La peau craquelait autour de la plaie qui l'avait défigurée pendant de longues semaines. Elle a laissé une marque pâle sur son visage, qu'il a l'habitude d'apercevoir dans des moments insolites, dans le métro, dans une cage d'escalier, quand ils couchent ensemble sans éteindre la lumière. Une marque mince et blanche sur la lèvre supérieure. Minuscule mémorial. Une marque comme celle d'une ancienne suture qu'il cherche, maintenant, sans succès. *La plaie s'est rouverte*, pense-t-il, *a été rouverte par ce qui lui est arrivé, peut-être dès l'impact du scooter ou quand sa tête a touché le bitume.*

Il est assis à côté d'elle, il lui tient la main, il sait qu'elle tomberait s'il la lâchait, qu'elle pendrait du bord du lit, que sa tête tomberait sans le tube pénétrant sa gorge et l'oreiller raide qui la maintient. Il regarde tous les tuyaux qui entrent en elle. Vie nue. Vie suspendue, maintenue par un réseau de fils et de tubes. Il a envie de les arracher, il ne comprend pas à quoi ils servent. Il se dit qu'il aurait lui-même besoin d'une perfusion, qu'il devrait manger, mais qu'il n'a pas faim.

— J'ai fait un rêve que je voulais te raconter.

Il a du mal à commencer son récit. Le rêve est teint d'obscurité, toutes les couleurs semblent en être absentes.

— Devant moi, j'ai vu une large ouverture dans la terre. Devant un bâtiment oblong et sombre, sûrement destiné à une tâche très spécifique sans que celle-ci soit évidente. Dans ce décor, j'ai attendu, puis j'ai levé la tête : le ciel paraissait hachuré, hachuré de poussière ou de fumée ou les deux. Sur la droite, j'ai aperçu une espèce de cabane en tôle ondulée, avec une fenêtre au milieu de la paroi. Devant la cabane se trouvait une chaise vide. À côté, un poteau en bois très haut. Au pied de ce poteau, un corps carbonisé, face contre terre. Il y avait une deuxième personne à côté, à quelques mètres du cadavre. Un homme, assis sur une caisse en bois, la tête sur les avant-bras, les avant-bras sur les genoux.

Julien prend la main de Marie entre les siennes, il en masse les phalanges.

— C'était hyperstatique comme rêve. J'ai essayé de secouer l'homme qui pleurait, en vain. J'ai touché son épaule, mais elle était comme une montagne, pas moyen de la faire bouger. Je me suis donc assis sur la chaise. Je me sentais très las à côté d'eux. Le temps s'est écoulé, le temps du rêve je veux dire, sans que je m'en aperçoive, et soudain il ne restait que la chaise et moi au milieu d'un grand vide.

Tout en gardant les doigts de Marie entre ses mains, Julien se lève de la chaise et s'assied au bord du lit.

— C'était extrêmement triste, tout ça. Voilà, c'était comme un grand vide fait de tristesse avec moi au milieu. Je suis resté assis sur la chaise, il n'y avait rien d'autre à faire, de toute façon, nulle part où aller, et j'ai mis ma main dans la poche de mon manteau. Ça m'a semblé super naturel, la seule chose à faire. Quand j'ai sorti ma main, j'y tenais les deux Polaroid.

Julien s'allonge à côté de Marie, passe son bras autour de ses épaules. Une alarme résonne dans la chambre et le long du corridor, loin, très loin d'eux.

— Je les tenais dans ma main, et tout était parfaitement clair.

Composition et mise en pages
Nord Compo à Villeneuve-d'Ascq

FSC
www.fsc.org
MIXTE
Papier issu de sources responsables
FSC® C003309

L'éditeur de cet ouvrage s'engage dans une démarche de certification FSC® qui contribue à la préservation des forêts pour les générations futures.

Pour en savoir plus :
www.editis.com/engagement-rse/

CET OUVRAGE
A ÉTÉ ACHEVÉ D'IMPRIMER
SUR ROTO-PAGE
PAR L'IMPRIMERIE FLOCH
À MAYENNE EN NOVEMBRE 2021

Dépôt légal : janvier 2022
N° d'édition : 63013/01 – N° d'impression : 99405
Imprimé en France